「夢だったんです……こんな風に、エテル様を抱いて運びたくて」

　不意打ちのような告白に、うっかり心臓が鳴ってしまった。

主《しゅ》神《しん》官《かん》様《さま》へ、
守《しゅ》護《ご》獣《じゅう》より愛《あい》をこめて

深《み》月《つき》ハルカ

ILLUSTRATION：れの子《こ》

主神官様へ、
守護獣より愛をこめて

LYNX ROMANCE

CONTENTS

主神官様へ、
守護獣より愛をこめて

《プロローグ》

北部にあるニヌルタ神殿に、軍旗を背に差した兵が駆け込んできた。

「申し上げます！　北門が隣国メディア軍に破られました！」

どうぞ神のご加護を……と跪《ひざまず》き、拱手《きょうしゅ》して兵が叫ぶ。祭壇の前に居並んだ神官《エン》たちは息を呑《の》んだ。

「北門が？　まさかそのような」

街を守る城壁のなかでも、北門は国境に近く、手厚い防衛体制を布《し》いている。急襲を報《しら》せてきた兵は、砂と血にまみれた顔で、〝門の内側〟から敵が現れたことを説明した。

「メディアの兵は城門の外におりました。しかし門の内側の地面から、土塊のようなものが盛り上がってきて……それがヒトの形をし始めまして……」

兵を襲い、城門を内側から開けたという。報告を聞く神官たちは、視線を主神官《レヴ・エン》のエテルに向けた。

主神官は、ニヌルタ神殿において最も高位の神官であり、神殿兵《ヤド》を指揮する神官でもある。

「泥人形か……呪師の仕業だな」

呟《つぶや》いたのは美しい神官だった。

細身で繊細な容姿だが、思わず人がひれ伏すような高貴さを漂わせている。

抜けるような白い肌に、氷のようなきらめきを見せる銀色の長い髪、金を溶かしたような瞳。艶めいた長い睫毛《まつげ》。赤みのある薄い唇。これが女性だったら国をも傾けただろうという美貌だ。だがその整った美しさは、神官としての厳かさを纏《まと》い、甘さのかけらもない。

エテルが、神官の白い衣の袖をなびかせて右手を挙げた。

「神殿兵を出動させよ！　私が出る」

はっという神官たちの声と、一斉に拝礼する衣擦《きぬず》れの音が神殿の高い天井に響く。エテルは足元まで覆う白く長い聖衣を翻し、隣で控える従神官《レゲル・エン》に被《かぶ》っていた聖冠を投げ渡す。そして階段を駆け下りながら、段下に随身していた守護獣《カツァル》へ命じた。

「ヴァトネ、そなたも出よ」

「は……」

神官の聖衣が首元までぴったりと隠すものなのに対して、闘いに臨む兵や守護獣たちのそれは、動きやすさを重視して最小限しか身体《からだ》を覆わない。

急所である喉、肩、心臓部をぴったりと覆う黒い革当てをし、腹は剝《む》き出しで、足さばきのよい白い下穿《ば》きをつけ、腰帯は前に刺繍《ししゅう》を施した面を垂らしている。これは、どこの神殿に属するかを示した、いわば制服としての印だ。腰帯には紫地に金刺繍で、ニヌルタ神殿の文字が模《かたど》られている。その上に剣を下げる赤い革細工のベルトを締め、ふくらはぎから下は、革の裏に銅で補強した脚絆《きゃはん》を巻き、足元のサンダルまでを保護している。

黒大理石と金で装飾された回廊の左右には、柱ごとに植物を模った燭台《しょくだい》が置かれており、燈明《とうみょう》が灯《とも》されている。通り過ぎる時、エテルの髪に炎の光が反射して流れた。

「エテル様、すぐ表に馬を回しますので」

「馬では間に合うまい、ヴァトネに騎乗する」

いいな、と確認するように振り向くと、守護獣は即座に頷《うなず》き、その身を狼《おおかみ》に変じた。

ぶわっと燈明の炎が揺らぎ、獣の影が壁に伸びる。

幾度か見ているはずの従神官たちも、回廊を埋めてしまいそうなほどの威容に息を呑んだ。

馬よりふた回りほど大きいかと思われる黒灰色の毛並みをした狼が、恭しく地面に伏せる。エテルはひらりとその背に乗り、背後を振り返って鋭い声を響かせた。

「先に向かう！　そなたらは追ってくるがよい」

「はっ！」

守護獣は、回廊の柱の間から神殿を飛び出す。従神官たちは、後を追うべく回廊を駆けだした。

ニヌルタ神殿を拝するこの街は、異国との交易の要所でもあり、街は行き交う商人たちで栄えている。だがこの時、街の外れにあたる北門の付近では、自国の兵とメディア兵が入り乱れていた。

守護獣のヴァトネは空を駆けるように崖を走り、エテルは上から城門の混乱を確認する。

確かに、土塊と思われるヒトの形がゆらゆらと動き、自国の兵を阻んでいた。エテルは秀麗な眉を顰《ひそ》めて呟く。

「小賢《こざか》しい真似《まね》を……」

激しさを宿す眼《め》で睨《にら》み、北門を見渡せる場所で降りると、ヴァトネに命じた。

「国境兵を壁際に誘導して退避させよ。私は泥人形を始末する」

返事の代わりに、グルル……と喉が鳴り、大きな後ろ足が崖を蹴って下りる。

陽射《ひざ》しが銀色の髪に反射してきらめき、北部の乾いた風が聖衣をはためかせた。

エテルは金箔《きんぱく》を沈めたような瞳をゆっくりと閉じ、闘いの神ニヌルタに祈る。

「我が神々の住まう国、カルデアに力を……」

挙げた右手に、神の力、光輝《メラム》が集まる。手のひらに小さな太陽のような光の球が現れ、その黄金の瞳を開くと同時に、手の内にあった光がカッと一筋の閃光《せんこう》となって北門まで走った。

大海を割るように、光の筋が壁として立ち上がり、戦闘で混乱していた場が一瞬止まる。そして次の瞬間に、光の壁は地面を吸い上げるように風を起こし、猛烈な砂礫《されき》となって左右に散った。

「うわあっ！」

「わああっ!!!」

敵も味方も、砂嵐よりも激しい礫《つぶて》に蹲《うずくま》る。土から生まれた泥の兵士は、無数の礫に貫かれて霧のように霧散し、形を失った。

――これを操った者がいるはず……。

エテルは呪を施した呪師を目で探しながら、自国の国境兵たちの様子も視界に入れる。

土塊を崩すほどの礫だ。人間のほうも無傷というわけではない。蹲って避《よ》けても、礫に当たれば数日は痣《あざ》だらけになるだろう。致命的な負傷者がいないかをざっと確認してから、エテルは空に虚像が浮かんだのを見て、嫌そうに顔をしかめた。

「……メディアの呪師か」

虚空に醜怪な老人の顔が浮かんでいる。鏡面の術だ。

「虚仮威《こけおど》しにしても、お前のような醜い顔は見たくない」

老人は下卑た笑いを見せた。

「呪を破るとは、さすがはカルデアの主神官……だが、我が神アフリマンに敵《かな》うことはない」

不敵な笑みが空に広がる。エテルは虚像ではなく本体がどこにいるかを感知し、光輝を放つ。だがその時、バラバラに散っていたはずの泥が、戦場で一つに集まり始めた。

――……！

巨大化した泥の塊がエテルに襲いかかってくる。しかしエテルの力は、術の根源である呪師のほうを狙っていた。

エテルが異教の呪師に向かって光の力を放つのと、ヴァトネが主《あるじ》を守ろうと地面から飛び上がるのは同時だった。しなる鞭《むち》のように細く伸び上がった泥人形が、黒灰色の毛並みを弾《はじ》き飛ばす。

「ヴァトネ！」

守護獣の身体はエテルを避けるように崖に当たり、幾度か岩にぶつかりながら落ちていく。

エテルは一瞬呆然《ぼうぜん》とした。

術師は死んだが、泥人形は主を失って暴走している。エテルは己の守護獣を助けるより先に、泥人形の動きを止めなければならなかった。敵の傀儡《かいらい》を始末し、急いで崖を駆け下りてヴァトネを見つけたが、毛並みの間から血が噴き出し、すでにその身体は呼吸をしていない。

「ヴァトネ……」

この年、メディア国の侵攻は、北部ニヌルタ神殿の戦いによって食い止められた。

一　クロ

一年後――。

ニヌルタ神殿よりもさらに北西の山脈沿いに、半獣の民〝ローク〟の集落がある。

肥沃な湿地帯が広がる内陸部と違って、北部は剝き出しの岩山が連なる不毛の地だ。裾野の村々には、乾燥した大地に水を引くために地下水路《カレーズ》が敷かれている。平野部は酪農とオリーブ栽培を、そして山に住むロークの集落は、もっぱら冶金《やきん》を生業《なりわい》としていた。

ところどころに灌木《かんぼく》が生えるだけの荒涼とした山を、数匹の狼が駆けていく。

彼らが追いかけているのは、俊敏な山羊《やぎ》だ。

山羊は大きかった。だが、ロークの狼も並の大きさではない。あっという間に左右に二頭が追い付き、さらにもう一頭が脇から崖を駆け上がって、山羊の首に飛び掛かった。

喉笛に牙が食い込み、山羊がどさりと地面に倒れる。まだ足搔《あが》こうとする体軀《たいく》に、左右に並走していた狼が強い前足をかけた。

「ウォ――ン」

三頭が獲物を押さえつけて喉を反らし、遠吠《とおぼ》えを響かせる。その最後尾で、小ぶりな黒毛の弟が、兄たちの真似をして山羊の後ろ脚を前足で押さえた。

「キャォーン！」

獲物の脚がいきなり痙攣《けいれん》して、みっしりした黒毛に覆われた小さな前足が弾かれる。それでも、慌てて前足で押さえ直し、胸を張ってみせる。

狩りが成功した時のポーズだ。獲物が自分たちのものであることを示す。やがて一番上の兄が低く喉を鳴らした。狼の姿をしている時でも、同族の者たちは意思を汲《く》み取れる。

「もういいぞ、クロ。足を離せ」

長兄が笑うように促し、末っ子のクロが離れたのを見てから、山羊を咥《くわ》えた。

クロは嬉《うれ》しくて、兄の周りを飛び跳ねる。

「今夜はごちそうだね！」

「ああ、いい鍋になる」

「楽しみだなあ」

山の獲物は、たまにとれるごちそうだ。兄二人と姉は交互に山羊を咥えて引き摺《ず》り、住まいまで帰る。クロはその後ろにちょろちょろと付いて走った。

「お前、ジャマ！」

鬱陶《うっとう》しそうに唸《うな》る次兄を、姉がたしなめてくれる。

「許してやりなさいよ。今日はクロもちゃんと狩りに参加したんだから」

「後ろを追っかけてただけじゃないか」

「ちゃんと押さえつけたよ！」

「仕留めたあとにな」

次兄はからかうけれど、でもちゃんと役目をくれる。

「ほら、角のとこ持てよ」

「うん！」

だらりと地面を引き摺りかけている頭部を持ち上げるべく、クロも山羊の角を咥えて前を向く。思ったよりも重くて踏ん張るのが大変だが、狩りは獲物を持ち帰るまでが一仕事だ。ちゃんと、狩りの一員として働きたい。

「クロ、疲れたら離していいからね」

姉の言葉に、ウウ……と返事をしながら、崖を下りる。

兄たちも姉も立派な体躯だ。

クロも、兄弟に比べたら自分がみそっかすだというのはわかっている。けれど、同じ腹から生まれたのだから、いつか彼らと同じようになれるだろうと疑っていない。

――兄ちゃんたちだって、昔は仔犬《こいぬ》みたいだったんだし。

小さい時はみな同じような体形だった。しかし毛並みは、兄弟がだいたい黒みがかった灰色をしているのに対して、クロだけは真っ黒だった。

一番最後に生まれて、もう母親は名前を付ける体力も失《う》せていたので、毛並みだけ見てクロと名付けたのだという。本当かどうかは知らないけれど、クロをからかう時、家族はみなそう言って笑う。

「あら……誰か来てるわね」

崖沿いに、岩をくり抜いた住居が数層にわたって作られている。獲物を咥えたまま見下ろすと、集落の前の広場に、何頭かの馬が留められていた。

馬の後ろには、軍旗を掲げた歩兵が数人控えている。

「……なんの用だろう」

さあ……と長兄が思案気に呻《うめ》く。厄介なことじゃなければいいがという目だ。

ロークは普段は人として過ごす。獣の姿を取るのは、狩りをする時だけだ。

不思議なことだとクロは思うが、これもアヌ神の思《おぼ》し召《め》しなのだろう。

大気の神エンリルは、神々の代わりに地上で働かせるために、人間を作った。その時、エンリルの父、アヌ神が気まぐれでこしらえたのが、半獣の民ロークだと言われている。

崖を下り、集落の広場に山羊をどさりと置くと、長《おさ》の家から集落の大人たちと、神殿の紋が入った肩布をかけた人物が出てきた。下穿きの上に豪華な緋《ひ》色の腰布を垂らし、その上に金細工の剣帯《けんたい》を下げている。

緑がかった髪で理知的な顔立ちだが、筋肉が割れて引き締まった腹や腕などを見ると、そこらの国境兵などよりずっと強そうだ。

「戻ったか」

長にお前たちの帰りを待っていたのだと言われ、兄弟はするっと人の姿に戻った。家に残っていた二人の兄が、兄弟の服を持ってきてくれたのでその場で下穿きだけ穿く。

人の姿に戻ったクロは、黒髪に青空のような水色の瞳をしていた。兄たちよりはまだ童顔だが、それでも身体のほうはそれなりにしっかり骨が育っている。

広場には集落の人間のほとんどが集まっていて、神殿の紋の入った布をかけている男は、黙って腕組みをしたままそれを眺めていた。軍旗を捧げ持つ兵士たちは、その後ろにずらりと並んでいる。

使者の視線を気にしながら、長が口を開く。

「あー、実はだな、このたび神殿に守護獣を捧げることになった」

へえ、と集落の若者たちが声を上げる。年寄りたちのなかには、またかね……という者もいた。

――神殿に勤める役かあ。

カルデア王国は、二千四百もの神々を戴《いただ》く神域だ。そのなかでも、力の強い神を祀《まつ》る十二の神殿に、主神官の護衛役としてロークの若者が差し出されていた。人々からは「守護獣」と呼ばれている。

古き神アヌを信奉するロークたちは、周辺の国では異種であり異教徒として疎まれる。けれど、多くの神を祀るカルデアでは、こうした異教徒の居住も認められているのだ。大国カルデアの領土で暮らせるから、安住の地を求めてさすらうこともないし、他所《よそ》の民に襲われる心配もない。

その代わり、税を納めるほかに、服従の証《あかし》として守護獣を差し出す。獣の姿を取るロークを従えることで、神殿はロークのような古い神を信奉する民も配下に治めていると、諸国に示すためだ。

とはいえ、ロークの側も守護獣になることはそんなに酷《ひど》い運命ではない。

ロークは、同族で婚姻してはいけないという禁忌があるため、成人すると一度集落を出る。伴侶を得て戻ってくる者もいるし、そこで職を得て、街で人間に紛れて暮らす者もいる。だから、神殿に召し上げられるというのも、そう悪い行先ではないのだ。

ただし、ここ以外にもロークの集落はあるから、いつそんな機会が訪れるかはわからない。急に来た珍しい人生の選択に、もうそろそろ集落を出なければならない年頃の若者たちは、興味津々で長の言葉を待った。

長の説明は、えー、とかあー、とか要領を得ない。そのうちしびれを切らして、腕組みしていた男が前に出た。

「ニヌルタ神殿の従神官、アヴだ。今から守護獣の選定を行う。十五歳以上の未婚の男子は、全部で何人だ？」

条件に該当する者が前に出る。アヴ、と名乗った従神官は、兄の隣に並んでいたクロに顔を近づけて、眉を顰めた。

「本当に十五を過ぎているか？」

「はい、十六です。ここはみんな同じ歳《とし》の兄弟です」

隣に並ぶ兄たちをさす。

この集落のロークは、狼の姿を取る。だから野生の狼と同じで、一度に数人の子が生まれる。なかでもクロの母は多胎で、一度の出産で六人の兄弟を生んだ。

「……ふむ。ならいい」

隣の次兄と見比べ、思案したあと数に入れてくれる。

「条件に合うのは全部で十四人だな。よし、では一人ずつこの壺《つぼ》から棒を選べ」

数十本の棒が入った壺を、後ろの兵士が差し出す。

「先端が赤い棒が一本だけある。これを引いた者を守護獣とする」

長の息子から順に、一人ずつ恐る恐る引くが、なかなか「当たり」が出ない。そしてクロの順番が来た頃には、棒の数は三分の一ほど減っていた。

この集落で当たりを引く者がいなければ、引き続き次の集落まで選びに行くのだという。クロは、別に当たりたいとも避けたいとも思わず、ただくじを引くのが面白くて棒を選んだ。

けれど、引き抜いた棒の先端が赤い。

「クロ、当たりじゃん」

「あ、ほんとだ……」

えー、クロが？　という声がする。そしてくじを引かない既婚の大人たちのほうを見ると、やっぱり同じように「え……」という顔をしていた。

長など露骨に「お前か……」と嘆息している。

「アヴ様、やり直しましょうか？」

「公正なる選定の結果だ」

「しかし……その、この子ではちょっと守護獣にするには見た目が」

「見た目は問わん」

長の意見は軽く流されてしまった。さっき、見るからに仔犬然としたクロの獣態をアヴも見ている。

アヴは、顔をしかめてクロに近づいてきた。

「本当に、歳は偽ってないだろうな？」

「はい……」

「では、この少年を守護獣として召し上げる。以上で選定は終わりだ」

明日、この集落を出発すると言われ、家族との別れを済ませておくように命じられた。

父母が駆け寄ってきて、兄たちも心配そうな顔をする。

でも本人が、一番驚いていた。

「……本当に、俺でいいのかな」


その夜――。

兄弟で狩ってきた山羊は、はからずも別れのごちそうになってしまった。一家は、岩をくり抜いた住居の一室で、肉汁を前に囲炉裏を囲む。

「さあクロ、いっぱいお食べ」

「うん！」

木の椀《わん》に、たっぷりの羊肉とポロネギ、ニンニクとオリーブオイルと塩が効いた肉汁をよそってもらう。何杯めかのお代わりをすると、母親はため息をついた。

「よりによって、お前だなんて……」

「ほんとだよ、守護獣なら俺もやりたかったのに」

長兄が、クロの二倍の大きさの椀を掻《か》き込みながら言う。

「いいなあ、私も神殿に行ってみたかった」

「だよなー」

兄も姉も、口々に〝いい就職先〟という体《てい》で羨《うらや》む。父親だけが、考え深げに髭《ひげ》を撫《な》でていた。

「前に守護獣を奉納した時は、くじではなかったのだがな」

「そうですよね。あの時は確か一番強くて見栄えのする若者を差し出せって、そう言って……」

その時は長たちの協議によって、山を二つほど越えたところの集落にいた若い狼のロークが選出されたのだという。

「ふーん、じゃあ、今回のはだいぶ適当なの？」

「さあ……何か、ご宣託とかがあったのかもしれないしね」

私たちにはわからないことだよ……と言いながら、母親はクロの髪を撫でた。

「お前に、神官様の護衛なんか務まるのかしらねえ」

「大丈夫だよ！」

「山羊一匹仕留められないお前がか？」

不安しかない、と長兄が呆《あき》れた。クロは肉汁を頬張《ほおば》りながら反論する。

「そのうち大きくなるもん、大丈夫だったら」

「なんなら、代わってやるぞ？　弟はビビッて辞退しましたって言えばいいんだ」

「やだよ！　俺が当たったんだから、俺がやる！」

ほかの兄たちもからかってくる。クロはむきになって言い返した。

「見てろ、兄ちゃんたちより、すごーく強くなって立派な守護獣になってやるから」

「キャン、とか言うなよ」

「言わねーよ」

「今日言ってたぜ」

「言ってないってば！」

騒いでいるうちに、取っ組み合いになって転げ回る。

小さい頃からそうだった。六人の兄弟全員で、はしゃぎ回って喧嘩《けんか》して、本当に犬の仔のようにみんなでくっついて眠った。

取っ組み合いは甘噛《あまが》みから、ただのじゃれ合いに変わる。

「もう、あんたたちいい加減にしなさい！」

「そうだぞ。クロ、お前はもう神官様にお仕えするんだから、行儀よくできないとな」

穏やかで、ロークの母を愛して集落に入った人間の父。どんな未熟な子も深く愛して育ててくれた母。兄弟たち……。彼らとは、明日でお別れするのだ。

——もちろん、いつか出ていかなきゃいけないのはわかってたけど。

それでも、突然の旅立ちに、なんとなくまだ心が付いていかない。

「さあ、明日の出立は早いんだから、もう寝なさい」

「はーい」

最後の夜は、やはりいつものように、兄弟全員でくっついて眠った。

翌朝、総出で見送られて、クロは集落を出た。馬に乗る訓練をしたことがないので、従神官アヴの前に乗せてもらっている。騎乗しているのは二人で、残りの三頭には遠出のための荷がくくられ、あとの者は歩兵だ。

アヴは真面目《まじめ》くさった顔で手綱を引き、岩だらけの道を街へと進む。けれど、振り向いて目が合うとにこっと笑ってくれた。

「なんだ、心細いか？」

「ううん、大丈夫」

少し、眉を顰められる。

「まずは言葉遣いから直さんといかんな。〝うん〟ではなく〝はい〟、〝ううん〟ではなく〝いいえ〟だ」

「はい！」

よし、素直でいいぞと褒められる。笑うと思いのほか親切な人のような気がして、クロはあれこれと尋ねた。

「ニヌルタ神殿は遠いの……遠いんですか？」

「北部の神殿だからな。ここからは五日もかからずに行ける。だが、まずお前が行くのはマルドゥク神殿だ」

「？　なんでほかの神殿に行くんですか？」

太陽神マルドゥクを祀る神殿は、王のいる都の中心部にある。そこで、王によってニヌルタ神殿に守護獣が授けられるという儀式を経なければならないのだそうだ。

「守護獣は、王から授けられる形になるからな」

神々のなかでも、太陽神はカルデアの主神で、最も位が高い。だから、マルドゥク神殿の神官はすべての神官の最高位にある大神官《シエメシュ・エン》と呼ばれる。大神官、つまり王のことだ。

「神官は、神に代わって人間を治めよと神々から力を授けられた」

だから、神と人間の間に立ち、神の加護を得たり、神の力を使うことができたりするのだという。

その神官たちのなかで一番偉い人だから、大神官は王と呼ばれるのだそうだ。

「お前が仕えるのは、王の次に尊い立場の主神官エテル様だ」

王様である大神官の次が主神官で、主神官の次が神官で、その次が従神官で……とクロは聞きながら指を折って数え、呟く。

「覚えられるかなあ」

そう難しいものではない、とアヴは笑う。

「ここからマルドゥク神殿までは十日ほどかかる。その間に、少しずつ教えてやる」

作法やしきたりも教えるからしっかり学べと言われて、クロは元気よく答えた。

「はい！」

「よーし、いい子だ。がんばれよ、ちび守護獣」

言葉どおり、マルドゥク神殿のある首都に着くまで、アヴは馬上でさまざまなことを話して聞かせてくれた。

北部山脈沿いの乾いた大地を過ぎると、やがてチグリス川とユーフラテス川に挟まれた、肥沃な湿地帯に変わっていく。豊かにそよぐ小麦畑がどこまでも続く、黄金《こがね》色の草原だ。

川沿いを下るにつれて、行き交う船も駱駝《らくだ》やロバに荷をくくった商隊の数も増えていく。そして、遠くに日干しレンガでできた高い外壁が見えてきた時、クロは歓声を上げた。

「わあ……でっかい！」

「主神のおわす都だからな」

外壁はなだらかに曲線を描いていることから、この街が円形の都市なのだとわかる。手前にはチグリス川から引かれた水濠《すいごう》がめぐらされていて、城門から吊《つ》り下げられた橋を、人々が渡っている。

見上げるほど高い壁は、一定の距離ごとに見張り台が円形に張り出しており、カルデアの国旗が陽射しを反射しながらなびいていた。城壁の上には哨戒《しょうかい》兵が並んでいる。

「あんまり口を開けて上を向いてると、鷹《たか》の糞《クソ》を飲み込むことになるぞ」

アヴに笑われて、ようやく自分が呆《ほう》けたようにぽかんと口を開けて見ていたことに気付く。

——こんなでっかい建物、初めて見た。

生まれてこのかた、ロークの集落を出たことがなかった。がっしりと厚みのある大門も、どうやって開け閉めするのだろうと思うほど大きな扉も、何もかもが斬新で、クロは質問すら忘れてひたすら見つめてしまう。

「さあ、〝神の門《バブ・イル》〟だ」

首都バブ・イルは、敵国の手にあった太陽神マルドゥクの神像を取り戻して再建された都だ。丸い円を描く都市の中心にマルドゥク神殿があり、そこから東西南北四つの門へと放射線状に道が続いている。

一行は、商隊たちが吸い込まれるように入っていく北門から街中へ入った。そこでも、クロはアヴの腹に頭が付くくらい、見上げてしまう。

「すごい……」

人の背丈の十倍以上高い壁。石畳の両側には、ところ狭しと建物がひしめいている。

隊商宿、露天商、積んできた荷をいち早く取引しようとする商人の蔵。強い陽射しを遮るために、二階の窓から棒を張り出し、屋根代わりに布をかけているけれど、その色とりどりの布の間から、もっと上にある娼妓《しょうぎ》の部屋の呼び込みも見える。

——うわあ、うわあ……。

そう広いわけではない石畳の通路を、人がごった返して通る。頭に素焼きの壺を乗せて水を運ぶ女性、主の後ろに付いて背負子《しょいこ》で布や香料を運ぶ奴隷。裸足《はだし》で駆け回る子ども、食べ物売り、天秤棒《てんびんぼう》を担いだ油売り……クロは馬に乗せてもらっているから通れるが、上から見ている限り、道を抜けられないのではないかという混雑ぶりだった。

「今日は、お祭りの日なの……なんですか？」

「いや。普段からこうだ」

目を丸くして馬上から賑《にぎ》わいを見る。アヴが笑った。

「バブ・イルは世界一の都だからな。北にあるメディア王国の香油や小麦は、我が国を通って西のサイス王国へ売られるし、マーダ王国の鉄は、我が国で加工されてサイスやメディアと取引される」

通行税は、交通の要所となる都では重要な財源だ。どこの国へも、バブ・イルを通らなければ辿《たど》り着けないため、都は常に品物とそれを取り扱う商人たち、それらがもたらす潤沢な金貨で溢《あふ》れ返っているという。

人混みを抜け、辿り着いた先はもっとすごかった。

美しく青タイルで化粧を施された建物に入る。階段の両脇に槍《やり》を構えた衛士が立ち、なかに入ると深い赤で染められた衣装を纏った宮女たちに、丁寧にかしずかれた。

「こちらでございます」

「え……え……」

促されて戸惑うと、アヴが笑って手を振った。

「小汚い格好では王の前に出られないからな。まずは磨いてもらえ」

俺も垢《あか》を落としてくる……と、別な宮女に先導されてアヴは違う方向へ消えていく。

「さあ守護獣様、お湯あみをなさってくださいませ」

「さ……さま？」

――〝様〟って何？

こちらの困惑にかまうことなく、クロは湯に浸《つ》からされ、頭からつま先まで洗われたうえ、肌を香油で磨かれた。

「あ、アヴさん〜〜」

「なんだ、情けない声を上げるな」

数刻ぶりに会ったアヴに思わず駆け寄りたくなるけれど、両腕、両足を宮女に取り押さえられているので動けない。湯を使ってこざっぱりしたアヴのほうが、笑いながら近づいてくれる。

「守護獣様、お動きにならないで！」

「は、はい……ごめんなさい」

さっきから、腕まわりやら肩幅やらを紐《ひも》で測られている。アヴは、装束をこしらえるための採寸だと教えてくれた。

「まさかあのボロを着て儀式に臨むわけにはいくまい。主神官の守護獣たるもの、それなりの格式というものがある」

アヴと同じように、戦いに向いた装束を身に纏い、どこの神殿の守護獣かを表すのだという。

「あの、これってまだまだ続くんでしょうか」

今日は採寸までで終わり……と言われて、明日も明日で何かがあるのだとわかる。

「……儀式って、いつやるんですか？」

「十日後だ」

「そんなに先？」

その間、いったいどれだけ準備をさせられるのだろう。目を丸くしたけれど、アヴは当然という顔だ。

「儀式の予行演習もやる。王の前でぶっつけ本番なんて、お前にできるか？」

「あ……」

それはそうだ。ようやく採寸から解放されると、アヴはちょっと先に見せてやるから、と外に連れ出してくれた。

長々と続く回廊をいくつか曲がる。すると、隣の建物への渡り廊下に繋《つな》がり、外が見えた。

——あ、もう夜だったんだ。

どうやら、身体を磨き上げるのにだいぶ時間を費やしたらしい。

隣の建物は、はるか上のほうまで青い釉薬《ゆうやく》のかかったタイルで飾られた壁が、月明かりに冴《さ》え冴《ざ》えと輝いている。

「あれが王宮だ」

「……さっきのところは、王宮じゃなかったんだ」

「今のお前はまだ、ただの異教徒の民だ。いきなり入れるわけがない」

今までいた建物だって充分豪華で、さすが宮殿はすごいなと思っていたのだ。

——でも、王宮はもっとすごいんだ。

群青に近い深い青のタイルには、ところどころ金の装飾が施されていて、王宮は、まるで夢物語に出てくる神々の住まいのように美しい。

王宮を守る衛士たちがそこかしこに立ち、アヴの姿を見ると敬礼する。それは、アヴの衣に神殿の印が縫い込まれているから、誰何《すいか》しなくても身分がわかるのだと教えてもらった。

横にある警備用の細い階段を上がりながら、アヴが案内してくれる。

「俺たちが入ってきたのは北門だ。王宮に続く門は東西南北四つあるが、正面は南門だ」

あれだ、と正門の前に移動してはるか先を指さす。だがその前に、クロは門前の像に圧倒されてしまう。

「う……わあ……」

王宮へ入る門はもちろん閉ざされている。その両隣には、像の頭が見えないほど大きな、霊獣ラマッスの石像が鎮座していた。

――でっっっか――い。

ラマッスは頭が人間で身体が牡牛《おうし》、両の背に翼を持つ霊獣だ。獣態を取れるロークは、こうした霊獣の眷属《けんぞく》とみなされているから神殿に奉納されるし、守護獣と呼ばれる。

――どうやって作ったんだろう……。

夜空を圧迫するように、白い石像がそびえている。クロがどんなに上を向いても、ラマッスの髭しか見えない。台座にある四肢の爪さえ、クロの腕よりも長いのだ。

門を護《まも》るラマッス像に見入っている間、アヴは面白そうに見守ってくれていた。クロがようやく視線に気が付くと、説明を続けてくれる。

「正式な使者や王族は、この南門から来る。もちろん、お前がエテル様に授けられる儀式の時も、この門が開かれるからな」

言われてようやく、ラマッス像のある門が、地面よりもはるかに高い階段の最上部にあるのだと気付いた。そういえば、隣の建物の五階から渡ってきた。

そして、階段の下から城門まで続く、広い参道に絶句してしまう。

入ってきた北門からの道は細くて、人々がひしめいていた。でも南門への道は、馬を二十頭くらい横に並べても通れるほどに幅が広い。整然と敷石が敷き詰められた道の両脇には、一定の間隔を置いて、台座のある黄金の獅子《しし》像が据えられている。

――こんな、大きな都なんだ……。

ここまで桁違いな場所だとは思わなかった。

――こんなでっかいところの、王様の次にえらい人の護衛役になるなんて。

できるんだろうか……思わず息を呑み込み、途方にくれてアヴを見る。アヴは、半分からかうような目で笑っている。

「お前、守護獣になることを軽く考えていただろう」

正直に、こくんと頷く。

集落のある山の上からは、ふもとの街が見えた。城壁に囲まれた宿場街だが、小規模なロークの集落からすると充分大きな街だ。だから、都といってもせいぜいあれより立派な造りなのだろうというくらいにしか考えていなかった。

王宮も神殿も、自分の想像をはるかに超えている。

「……俺、ちゃんと務まるのかな」

くじで当たりを引いたから、周囲が羨ましいと言ってくれたから、だから単純に喜んでいたけれど、もしかするとてつもない勘違いだったかもしれない。長がため息をついたように、自分ごときがなれるものではなかったのではないかと思う。

アヴがぽん、と肩に手を置いてくれる。

「まあ、そう心配するな」

「アヴさん……」

「お前の奉納は、政治的な意味合いのほうが強い」

主神官は必ず守護獣を持つ。十二人いる主神官のなかで、現在守護獣を持っていないのはニヌルタ神殿のエテルだけだ。だから、形式を保つために守護獣を下賜《かし》するのだという。

「だから別に、どうしてもロークの護衛が必要というわけじゃないんだ。そもそも、護衛なら俺ら従神官だけで充分間に合ってる」

そういってムキっと力こぶを見せてくれた。確かに、すごく腕っぷしが強そうだ。

「エテル様も王にはさんざん断ったんだが、王も王で、ほかの主神官たちが守護獣を持っているのに、ニヌルタ神殿だけ守護獣なしというのも体裁が悪いとおっしゃってな……」

この一年、守護獣を受ける、受けないで綱引きが繰り返され、止《や》む無くエテルが折れたのだという。

「西の隣国サイスの動きが不穏でな。こういう時期に、国内で主神官と王の意見が揃《そろ》わないというのは、風聞としてよくない。だからエテル様も守護獣の下賜をお受けになったんだ」

大切なのは〝王と主神官エテルとの間にわだかまりはない〟ということを内外に示すことで、そのために仰々しい儀式を公開するのだという。

だからな……とアヴが励ます。

「お前の力量は問われてない。大丈夫だ」

「……」

それもそれで複雑な気分だ。

過度な期待をされるのも困るけれど、まったく戦力とみなされないのもなんだか嫌だ。クロは、アヴと競うようにぐっと拳《こぶし》を握りしめ、力こぶを見せた。かなり小さいけれど、一応ちょこっとだけ筋肉が盛り上がる。

「でも、守護獣になるんだから、俺もちゃんと警護するよ」

「ははは……そうだな。期待しておく」

だがとりあえず、今は儀式をきちんとこなすことを考えてくれといなされてしまった。

「獣態がだいぶちびっこいからな。遠くの観衆に見えない可能性もある。少しでも大きく見えるように、ぴんと尾を張って、せいぜい威勢よくしてくれ」

「うん……じゃない、はい！」

あと二日もすると、儀式に参列するために、ほかの神殿からも主神官と守護獣が来るらしい。クロは、ほかの集落のロークが見られるという期待感と、自分がこの巨大な王宮で注目を集めることになるのだという緊張感で、ぷるっと尻尾を出して震えた。

二　下賜

クロが都に入ってから十日が経《た》ち、王の手によって守護獣が下賜される日がきた。クロは玉座の間の柱の陰から、その華やかな場所を覗《のぞ》いてみた。

――すごい、人がいっぱいだ……。

貴族や領主、異国の使者など、参列者の多さと豪華さに圧倒される。

――みんな綺麗《きれい》な格好をしてる……。

金糸や銀糸で刺繍を施された長い衣に、ビーズ付きの飾り帯、肩や頭を覆う鮮やかな色合いの長い布。腕輪、指輪、耳飾り……男も女も、身分ある者はみな装飾品を身に着けるのがならわしだが、少なくともクロが見たことのある商人や役人とはレベルが違う豪華さだ。エメラルドやガーネットが革紐に埋め込まれたサンダルなど、見たことがない。

玉座の間自体も豪華絢爛《けんらん》だ。

赤と金を基調とした模様が描かれた格天井《ごうてんじょう》。玉座までの階段は、数段おきに平らになっていて、王の傍《そば》に行くに従って少しずつ高くなっている。

そこには緋色の絨毯《じゅうたん》が敷かれ、その左右には南門から続く参道と同じように、黄金の獅子像が王に従う霊獣のように並んでいる。獅子像の後ろに、王侯貴族たちの座る場所があるのだ。その背後には、天井と同じように鮮赤《せんせき》や金で下半分を美しく彩られた太い列柱があって、玉座の間を支えている。

クロが最初に連れてこられたのは、王宮に仕える次女や侍従たちが寝起きする場所だった。そこの床はタイルだったが、こちらはすべて大理石だ。

玉座の両脇は、鮮やかな模様が織られた絨毯が敷き詰められ、貴族たちが身分に合わせた高さの場所に座っている。それぞれの席の前には果物や蜜菓子、木の実や肉が金の盆にふんだんに盛られ、錫《すず》の杯には麦酒《ビール》や輸入物の葡萄酒《ワイン》が注がれていた。

宮女たちは到着する人々を次々と案内し、酒や肴《さかな》を運ぶのに忙しそうだ。一番扉側に近い下手《しもて》では、左右に分かれた楽団が、前座の演奏で場に華やかさを醸し出していた。

「クロ。そろそろだぞ、こっちへ来い」

「あ、はい」

アヴが呼びに来て、玉座のすぐ横の柱の前に移動する。王が来たら、その後ろに続くのだ。

——あ、ほかの神殿の人たちだ……。

ちらりと目をやると、侍従たちが恭しく、白い聖衣を着た主神官たちを案内している。もちろんクロには誰がどこの神殿の主神官なのかは判別できないが、全員獣態の守護獣を連れているから、ひと目でそれとわかった。

——みんな、やっぱり大きいんだ。

大鷲《わし》の姿をした者、ユキヒョウのような毛並みと太くて短い脚の者、獅子らしく鬣《たてがみ》がある者……姿はそれぞれ異なるけれど、少なくとも、どの守護獣も人より大きい。

つい足が止まって見つめてしまったら、アヴが励ましてくれた。

「気にするな。もうすぐ王がお越しになる」

「はい」

先ぶれが銅ベルの音を響かせながら回廊に現れ、アヴと並んで拝礼して待つ。

じゃらん、という装飾品の鳴る音が止まって、床に王の足元が見えた。アヴが恭しく口上を述べる。

「これなるが、北ロークが奉納した守護獣でございます」

「うむ、面《おもて》を上げい」

深い響きを持つ声に顔を上げると、豊かに縮れた肩の辺りまである黒髪に、みごとな黒髭を蓄えた王と目が合う。

「クロと申します」

教えられたとおりに名乗り、再び拝礼すると、王はそのまま「付いてまいれ」とだけ言って玉座へと向かう。

王の後ろに二列に並んでいた侍従が、手招いてクロをその前に入れてくれた。視線だけアヴのほうへ向けると、向こうも澄ました顔をしながら、〝がんばれよ〟と目で見送ってくれる。

「国王陛下の御成《おな》りである――！」

宦官《かんがん》のかん高い声と同時に、音楽がぴたりと止んだ。さざめいていた場は水を打ったようにしんとなり、王の纏う装束の衣擦れだけが聞こえる。

――うわ……なんか、圧迫される。

場の空気とでもいうのだろうか。静けさだけではない。王はただ玉座に座っただけなのに、ずしんと膝下辺りまで空気が固まっていくような気がする。

「このたび……」

腹の底から響く声が、玉座の一番端まで広がった。

「神々より民を治めるべく定められた主神官の一人、ニヌルタのエテルに、北のロークよりこれを守る守護獣が捧げられた」

王の視線がクロに向けられ、クロは段取りどおり、王のすぐ脇に跪いた。

守護獣の装束として、首から肩までをぴっちりと覆う革当てを付け、白い下穿きの上にニヌルタ神殿の紋を金糸で刺繍した、紫地の前帯を垂らし、その上に深紅の幅帯を締めている。従神官たちと違って裸足だが、少しでも見栄えがするようにと、金の足輪をし、革当ては首回りをチョーカーのように金細工で覆っていた。

「エテル」

王の声に、涼やかな声が応じる。

「御前《おんまえ》に、王よ」

「う……」

現れたエテルの姿に、クロは危うく声を出しそうになって、思わず両手で口を覆う。

——うわあ……これ……これがご主人様……？

玉座のすぐ前で、真っ白な聖衣を纏った主神官が両手を胸に当てて礼を取っている。その美しさに、クロは釘《くぎ》付《づ》けになった。

まるで黄金の夕陽を溶かしたような神秘的な瞳、すっとした鼻梁《びりょう》、柘榴《ざくろ》のように赤い唇。ほっそりした顎も、わずかに聖衣から見える喉のラインも、人間ではないみたいに綺麗だ。

あんぐりと口を開けて見入ってしまい、王が何かを言ったことすら、あまり耳に入っていなかった。おそらく、二度言われたのだと思う。エテルがその美しい瞳でクロを見、わずかに眉を顰めたことで、ようやくはっと我に返った。

――だ、段取り、段取りどおりにしないと！

振り向くと、王の手はとっくにエテルを指さして〝そっちへ向かえ〟と示している。クロはぴょこんと頭を下げ、慌ててエテルの前に進み、絨毯に両手を揃えて額《ぬか》ずく。

ここで獣態になる。そして一段下りて、主神官の右脇に控えるのだ。そこからはエテルの後ろに付いていき、玉座の間を出て、王宮の外に控えている群衆に顔見せをすれば儀式は終了だった。

「おお……」

獣態になったら、玉座の間を埋め尽くす王侯貴族たちからどよめきが漏れた。でも、その声音はなんだか語尾がやや低い。

――あ、あれ……？

だいぶ磨かれたので、みっしりとした艶のある、ビロードのような黒毛になった。とはいえ見た目はやはり、狼というよりは犬っぽい姿だ。言われたとおり目いっぱい足を踏ん張り、ポーズを決めてみたのだが、周囲のもんやりした空気は消えてくれない。

――やっぱり、まずかったの……かな。

見た感じが小さすぎただろうか……。長や兄たちの懸念を思い返し、さすがに冷や汗が出始めたが、その雰囲気を一掃してくれたのはエテルだった。

――ご主人様……。

エテルがやや屈《かが》み、聖衣の袖がしゅるっと揺れて白い手が伸ばされる。

――ふわあ……。

指で頭を撫でられるのが、たまらない感触を生んだ。エテルの目は、最初に見た時は他者を寄せ付けないほどの神々しさを放っていたのに、今はなんだか、慈悲深い地母神《ちぼしん》を思わせるような眼差《まなざ》しだった。

――なんだろう。

見つめてくれる瞳に、やさしさともまた違う、微《かす》かな哀《かな》しみのようなものを見つけてしまう。けれどそれはすぐに、頬や顎の毛並みを撫でてくれる感触にかき消された。

――……気持ちいい。

緊張も、周囲の反応がもたらす委縮も、すべて消し去ってしまう心地よさだ。クロはうっとりと空色の目を閉じた。

そして、思わず耳がぴくりと動くほど魅惑的な声が命じる。

「来い」

「キャン！」

決して大きな声でもなく、厳しく命じている声音でもないのに、エテルの声に操られるように身体が反応した。すっとエテルが立ち上がり、周囲の視線をまるで無視して階段を下り始める。クロは、予行演習をすっかり忘れて、エテルの後を追った。

エテルが、氷のように透明感のある長い髪をなびかせて歩く。楽団が、気を取り直したように神事に捧げる曲を奏でた。

──すごい……ご主人様はすごいなあ。

あれほどおかしな空気だったのに、エテルが動くだけで、人々はもう守護獣のことなどすっかり忘れている。たぶん、その辺の仔犬がくっついて歩いても、みな納得するだろう。

玉座の間の長い道を歩き、両扉が兵士たちによって開かれる。その先は巨大なラマッス像が控える正門で、さらに大階段から先は南門まで、慶事をひと目見ようと集まった群衆で埋め尽くされている。

エテルが姿を見せると、わあああという歓声とともに数万人の視線が主神官とその守護獣に注がれた。

──わ……。

人々の熱気に押され、クロは思わずすがるように主のほうへ身を寄せてしまう。足元にぴったりと擦り付いたクロに、エテルが目をやった。

「それでは見えぬ」

──は、確かに！

慌てて一歩横に飛び退《すさ》り、毛を逆立てて、増量を図ってみる。

「ウ……」

──む……っく。これで、ちょっとでも大きく見える……んじゃ、ないかなっ。

息が続かなくなりそうなほど力む。尻尾も垂直に立ててみたけれど、エテルに続いて下りてきたほかの神殿の守護獣たちと並ぶと、差は歴然としている。

これでは、遠目にしか見えない群衆には、守護獣がいることもわからないかもしれない。

——んむっ……くぅうう。

さらに踏ん張ると、エテルが小さく息を吐いた。

「よい、無理をするな」

——え……。

エテルは屈んで、すっと抱き上げてくれる。隣に来たユキヒョウの守護獣が、もふもふの尻尾をゆらりと揺らして笑った。

『あら、抱っこされてる守護獣なんて、可愛《かわい》い』

——なにおう！

思わずエテルの腕のなかで、喧嘩腰に毛を逆立てる。

「暴れるな」

——あ、はい。

「キュウン」

なだめるように背を撫でられ、クロは力が抜けた。

「すぐ終わる。もうしばらくの辛抱だ」

——ハイ、ご主人様……。

なんて心地よい腕なのだろう。神々の住む天上世界とやらのようだ。こんな極楽なら、すぐと言わず、あと数刻くらい続いてくれてもいい。

そのあと、十二人の主神官と守護獣がずらりと並び、群衆に背を向けて王の降臨を待った。巨大なラマッス像の真ん中に王が現れると、十二神殿の主神官たちは一斉に王に拝礼し、王の指示のもと、くるりと群衆のほうへ向き直る。

その間も、クロはずっとエテルに片手で抱かれていた。

——なんて幸せなんだ……。

エテルの胸は温かで、そして柘榴のような甘酸っぱいいい匂いがする。

ふわんと夢見心地でエテルの胸に鼻先を擦《こす》り付けていたら、エテルが容赦のない声で現実に引き戻した。顔は群衆のほうを向いたままだ。

「尻尾をパタパタやるな。顔に当たる」

「キュッ！」

——す、すみませんっっ！

儀式は最高潮に達していた。大神官たる王が両手を高く突き出して太陽神マルドゥクの加護を唱え、兵士と群衆はそれに唱和し〝神々の住まうカルデアに栄光あれ〟と叫ぶ。

人々は、王と、その下に並ぶ十二神殿の主神官たちによって国が護られ、繁栄すると歓喜して、いつまでもカルデア万歳を叫んでいた。

「まったく、お前はなんのために予行演習をしたんだ？　段取りがグダグダじゃねえか」

「す……すみません」

　儀式が終わり、主神官がそれぞれ王宮にあてがわれた部屋へ退《ひ》けてから、クロは従神官のアヴにこってりと絞られた。

　部屋は王に次ぐ上階の一角にある。バルコニー側にはアーチ状の柱が並び、ほんのり紫に染められた薄布が、カーテンのように床まで垂らされている。部屋のあちこちに腰丈くらいの燭台があり、炎の揺らめきと光が大理石の床に反射して美しい。床の中央には植物模様が織り上げられた絨毯が敷かれ、部屋の主がくつろげるように、長椅子にクッションが積み上げられている。獣態から人の姿に戻ったクロは、長椅子にいるエテルの前で、ひたすらアヴに謝った。

「王にろくに拝礼もしないで主人のほうへ行くバカがどこにいる。相手を誰だと思ってるんだ」

「ハイ……すみません」

　王への不敬罪は、すなわち所有者である主神官の罪にもなるんだぞと叱《しか》られ、中途半端に出た耳と尻尾がしゅんと垂れた。緊張したり興奮しすぎると、こんな風に獣態になりかけて、耳と尻尾が出てしまう。

「もうよい」

「エテル様」

「済んだことだ。儀式は滞りなく終わったのだから、問題はない」

——エテル様。

救いの神のような言葉に振り向く。けれど、エテルはもう石板を読んでいて、クロにはまるで関心がなさそうだ。

「それより、王から神殿へ帰るのは待つようにとの命《めい》が出ている。西門で何かあったらしい」

横顔が綺麗だ。クロはうっとり眺めていただけで、話の重大さはわからない。

アヴが、エテルの言葉に眉を顰める。

「西門というと……サマリアの内乱の件でしょうか」

「おそらくそうだろうな。場合によっては、援軍として出向くことになるかもしれぬ」

「では、我々もその心づもりでおります」

「そうしてくれ」

クロには、何を言っているのか理解できなかった。ただ、難しい顔をして黙るアヴの様子からして、大変なことが起きたのだろうと思う。

エテルは文面から目を離さない。やがてアヴが辞去の礼をすると、エテルが視線だけアヴに向けた。

「守護獣の世話は、引き続きそなたに任せる」

「は……」

——？　俺？

きょろきょろすると、アヴが来い、というように耳を摘《つ》まんで引き立たせる。

「ほら、礼をしろ」

「あ、し、失礼します」

エテルは軽く手を挙げて許可を示しただけで、クロには視線もくれなかった。

——忙しいんだなあ。

きっと、えらい人だから仕事がたくさんあるのだろう。わかってはいるけれど、抱き上げられた時の感触が忘れられなくて、少し寂しい。クロは部屋から退ける時、もう一度入り口で頭を下げた。

「おやすみなさい。エテル様」

「……」


神殿への帰還日は、なかなか決まらなかった。

アヴは相変わらず面倒をみてくれたけれど、基本的には放ったらかしで、日々出陣のための準備やら手配やらをしている。クロは、自主的にエテルの部屋の入り口で警護兵の隣に並んでいた。

時々、興味本位で部屋のなかをひょこっと覗く。獣態なので、真っ黒な毛並みのなかに空色の瞳だけが目立つ。

部屋は何やら重々しい空気だ。エテルは机の上にいくつもの書面《パピルス》を並べ、その脇に立った従神官たちが状況を説明するのを聞いている。

——なんだか、大変なんだな。

従神官たちは、アヴだけでなくどの人も鍛え上げられた体躯をしている。一人の主神官につき、十人の従神官がいるのだそうで、今回はアヴだけが守護獣の選定と移動のために動き、この儀式のためにほかに二人が随従してきたのだという。残りは、北の防衛のためにエテルの指示で神殿に居残りとなったのだそうだ。

――あの二人も強そうだよなあ。

護衛として付いてきたのはナハルとヨムという従神官だ。二人とも、ここから見ると背骨から肩甲骨、首まで向かう筋肉の盛り上がり方がすごい。二の腕も、革当てをしていないからくっきりと筋肉の形が見えた。

神殿の人間の装束は基本的に白い。クロも下穿きは白いものを穿かされているけれど、どうやらこの従神官たちは自由に装束を選べるらしく、下穿きは黒く、紫地の前帯を垂らし、金色の帯を締めている。だからなのか、よけい強そうに見えた。

肩幅のある骨格から、なめらかに腰へと引き締まる曲線。日焼けで浅黒い上半身には、いくつもの刀傷があり、勇猛さを醸し出している。いかにも屈強な戦士という風貌のナハルに比べると、長い黒髪をいくつもの細い三つ編みにしてまとめているヨムは、同じくムキムキだが、豪胆で陽気な戦士という感じだ。

その二人に比べると、アヴも立派な体格をしているが、武官というより文官の印象が濃い。クロがそう表現してみた時、アヴは笑って〝俺は普段、エテル様の太刀持ちだからな〟と言った。

エテルに仕えることは、すべての従神官たちの憧れなのだそうだ。十人の枠に入るだけでも熾烈《しれつ》な争いがあるうえ、さらに傍に仕えさせてもらうために、どの従神官も競い合っているという。

――ナハルもヨムも、護衛に選ばれたんだぜって自慢してたもんな。

自分も、それはすごく納得できる。誰だって、あんな神々しい主を見たらお仕えしたいと願ってしまうだろう。

――俺だって、護衛をやりたいもん。

けれど今のところ、守護獣というのは本当にアヴが言ったとおり形式だけのことのようだ。儀式以来、クロはエテルに呼ばれることもない。

戦力外だというのは、もちろんわかっている。

――でも、俺は奉納されたんだからね。

それなりに役には立ちたい。だから、起きている間はエテルの部屋の入り口で前足を揃え、ちょこんと番犬の姿勢で見張っていた。悪い奴《やつ》が来たら、噛みついて吠えてやるつもりだ。クロは、足音が聞こえたので急いで顔を引っ込め、元のポジションに戻った。

「お、クロか。なんだ、獅子像が黒くなったのかと思ったぞ」

「キャン！」

パピルスを丸めて出ていきがてら、ヨムがからかう。続いて出てきたアヴは、頭を撫でてくれた。

「がんばるなあ。でも、自由に遊んでていいんだぞ」

ここにはちゃんと王宮の兵がいる。安全は確保されているから好きにしていろ、と言う。確かに、クロは槍を構えた二人の兵のさらに横に陣取っているだけなので、無駄といえば無駄だ。

「王宮なんて、めったに来られないんだからいろいろ見てこい」

――でも……。

守護獣として召し上げてもらったのに……という残念さが消えない。行儀よく前足を揃えたまま見上げていたら、不愛想な従神官ナハルを供に連れて、エテルが出てきた。

美しい金色の瞳が、無感情にクロを見る。久しぶりに見てもらえると、それだけで嬉しくて、尻尾がパタパタと床を叩《たた》いてしまう。

「出かけてくる。部屋は無人になるから警備の必要はない」

――な、ならば俺もお供しますっ！

ぷりっと尻尾を振ってナハルの反対側へすっとんで走る。だが、付いていこうとするとエテルがそっけなくそれを遮った。

「ナハル一人で充分だ」

――あ……ダ、ダメですか？

〝来るな〟ということだ。さすがにクロもそれ以上追いかけることはできず、大理石の床に目を落とした。

「キュウ………」

アヴが、慰めるように屈んで頭を撫でてくれる。

「気にするな。エテル様のことは俺たちがちゃんとお守りする」

遊んでこい……と、体よく置いていかれてしまい、仕方なくクロは人の姿に戻って服を着た。

「……」

王の命令で、政治的な事情で守護獣にしてもらっただけで、何一つやることがないのなら、この先どうしたらいいのだろう。

――エテル様。

何よりも、エテルの役に立ちたい。

――どうしたらいいのかなあ。

考え込みながら、王宮の回廊をあてどなく歩く。やがて、クロは階下に下りて中庭に出た。

敷き詰められた日干しレンガが、陽射しに当たって眩《まぶ》しい。

広々とした中庭は、チグリス川から水車で引いた潤沢な水が引き込まれ、庭には木々の緑が溢れている。石段で高低差を付けた場所には四阿《あずまや》が作られており、桃色や黄色、緑、金色の豪華な布が惜しみなく敷かれ、そこで賑やかな茶席が設けられていた。

「あ、ニヌルタのクロだわ！」

どこかで聞いたような声に顔を向けると、四阿から桃色のおかっぱ頭をした少女が飛び出してきた。

「一人？　こっちにいらっしゃいよ」

「……ユキヒョウ、の人？」

声で当たりをつけると、少女は大きな赤い瞳で笑う。

「そうよ。この前は笑っちゃってごめんね」

でも悪気はなかったの……と有無を言わさず手首を摑《つか》んでクロを引っ張っていく。彼女は女の子だからか、革当てがみぞおちのほうまで幅広く覆っていて、胸が隠れる装束だ。

「だって、すごく小っちゃいんだもの……でも、適材の歳の人がいなかったんでしょ？」

「？」

そううまく適齢のロークがいるとは限らない……と、勝手に一人で納得している。

「前の奉納から間が空いてないのだから仕方ない、ってご主人様に言われて、反省したの」

お詫《わ》びにお茶をごちそうするからと言う。さすが、女の子でも守護獣だけあって、引っ張られるとクロのほうがつんのめりそうだ。

「私はシャマシュ神殿のタルネゴルよ。タルでいいわ」

「タル……」

ほかの集落のロークに会うのは初めてだ。タルネゴルは、バブ・イルの内側に住んでいたという。

シャマシュ神殿自体も、街中にあるこぢんまりとした神殿なのだそうだ。なにしろシャマシュ神も
「うちらは北のロークと違って、街中で暮らしてるからローク同士で固まっていないの。その分、人間の社会にはとても慣れてる」

太陽神だから、マルドゥク神を取り戻した都では、小さくなっているしかないのだと笑う。

「おかげで気楽よ！　しょっちゅう実家に帰ってるもん」

「……そう、いう、ものなんだ」

他所の事情を聞くのは新鮮だ。神殿でもロークでも、何しろクロは集落のなかしか知らない。

連れて来ましたよーと言いながら、タルネゴルが四阿に入る。するとそこには二組の主神官と一人の守護獣がいた。聖衣を纏い、神殿の印を縫い取った前帯を締めているから、身分は一目瞭然だ。

二人は優雅にクッションにもたれて寝そべっているけれど、その横に白い聖冠が無造作に置かれているから、やはりただの神官ではなく、主神官なのだ。

「お……おじゃま、いたします」

「緊張することはない。ほかの神殿との交流は少ないのだ。よい機会を得た」

「は……はい」

「はい、お茶を召し上がれ。おいしいわよ」

丸い錫の椀に、金色の飲み物が注がれる。飲んでみると、爽やかな甘さだ。

「……ほんとだ、おいしい！」

でしょう、とタルネゴルは自慢げに壺を抱えた。

「うちの神殿の特製よ！　柘榴と葡萄《ぶどう》のほかに、干しリンゴも入ってるの」

ほんのり甘く芳醇《ほうじゅん》な果物の香りが、喉を過ぎても口に残る。クロが飲み干してしまうと、ユキヒョウ守護獣はなみなみと注《つ》ぎ足してくれた。

「で、エテル殿とはうまくやれているか？　新しい守護獣」

やや妖艶な美貌の主神官が問いかけてきた。愛と豊穣《ほうじょう》の女神、イシュタル神殿の主神官スモルというのだそうだ。

「うまく……うまくって……」

何をもって「うまく」なのか。クロはどう答えていいかがわからなかった。その戸惑いを紐解くように、スモル主神官が微笑《ほほえ》んだ。

「エテル殿は先年、前の守護獣を喪《うしな》っているからね。新しい守護獣と馴染《なじ》めているのか、我々としても気になるところなのだよ」

「え……」

――喪った？

知らされていなかったのだね？　とやんわり尋ねられて、クロはこくんと頷いた。だが、考えてみれば想像できたことだ。守護獣は何年か前にも献上されているのだし、エテルほどの神官が、初めて守護獣を持つとは考えにくい。

――で、でも……前の人はほかの神殿に召し上げられたのかと思ってたし……。

逡巡《しゅんじゅん》していると、スモル主神官は「エテル殿は話さないだろうから」と断りを入れて教えてくれる。

「先年、北の隣国との衝突があってね。エテル殿の守護獣は主を庇《かば》って殉死したのだよ。そのあと、エテル殿は後任の守護獣の話をのらりくらりと躱《かわ》していた」

聞かされる話は、アヴからは一つも言われなかったことだ。スモル主神官は、おそらく周囲も気を遣っているのだろうと話してくれる。

「前の守護獣のヴァトネを喪ったことは、エテル殿にとってだいぶ辛《つら》いことだっただろうからね」

あまり態度は変わらないけれど、エテルが心を痛めたことは確かだと言う。

「もともと喜怒哀楽を露《あら》わにするほうではなかったが、それにしても、以前はあそこまで不愛想ではなかった」

このお茶席にも誘ったのだが、断られてしまったのだそうだ。

「不愛想は言いすぎですよ」

やんわりと、ユキヒョウ守護獣の主であるシャマシュ神殿の主神官シャマイムが苦笑いしてとがめる。

「なに、本当のことだ」

スモル主神官とエテルは、子どもの頃からの付き合いらしい。

「もちろん、あの見た目と血筋だからね、私とて、親しいというほどの気安さはない。だが、それでも守護獣同士の交流はあったし、エテル殿はどちらかというと、守護獣のために我々の宴席にも顔を出していた」

彼なりに、守護獣を大切にしていたのだろうと言う。

「エテル殿に心酔している従神官たちですら寄せ付けない彼がそこまでするのだから、ヴァトネにはよほど心を許しているのだろうと思っていたのだよ」

それだけに、ヴァトネを喪ったエテルの心の傷を案じていたと、シャマイムも言葉を重ねる。

「私たち主神官のなかでも、エテル殿は別格だ。その分、どうしても孤立しがちだからね。君を迎えたことをきっかけに、少しでも心の傷が癒えるとよいと思っている」

クロは、飲みかけの器を両手で持ったまま、頭の整理がつかなくて返事もできなかった。

――前の守護獣……。

呆然としている様子を心配して、ユキヒョウ守護獣の少女が茶を注ぎ足してくれる。

「大丈夫よ、すぐに前の守護獣みたいに仲良くなるなんてできないわ」

時間をかけて、少しずつ信頼関係を結んでいけばいいとアドバイスしてくれた。

「そうそう。我らも、別にそなたに何かの無理をさせたいわけではない」

「ただ、エテル殿は人との距離感が淡白だからね、できれば君のほうから歩み寄ってもらったほうがいいと思って話しただけなんだよ」

「は……はい。ありがとうございます」

きっとアヴたちは、もっと配慮してなかなか教えてくれないだろう。自分が奉納されるに至った経緯を知ることができたのは、貴重だ。

クロは、エテルに負けず劣らず美丈夫な主神官たちに、ぺこりと頭を下げた。

「俺は、エテル様に召し上げていただけたんだから、ちゃんとエテル様をお守りできる守護獣になりたいです」

身も心も……と心のなかで思った。

自分が、大観衆の前でエテルに抱き上げてもらって嬉しかったように、エテルに〝この守護獣を迎えてよかった〟と思ってもらえる存在になりたい。

目指すべき方向の輪郭がくっきりしてきて、クロは澄んだ空色の瞳を輝かせて笑った。

「どんな風にがんばればいいか、教えていただけるでしょうか」

スモルが妖艶に微笑む。

「よい守護獣だ」

その夜、クロはエテルの部屋の門番を早々に終了して、一人で屋上へ行った。

日干しレンガで作られた凸凹の続く塀の上にすとんと腰掛け、夜空を見上げる。

粉くずのような星々を圧倒する、銀色の輝きを放つ半月が、孤高のエテルの姿に重なった。

――エテル様……。

スモル主神官には、〝まず、エテル殿が何をしているか、よく観察してごらん〟と言われた。〝そこから、何をすべきかが見えてくる〟というのだ。そのとおりにしてみると、エテルが村の長などよりよほど忙しく、重い立場にいるのだとわかった。

かなり夜が更けた今になっても、エテルの部屋は順繰りにやってくる従神官たちとの打ち合わせが終わらない。アヴはほかの神殿の情報を持ってくるし、ナハルは軍から出兵情報を仕入れてくる。ほかにも、ニヌルタ神殿に残留している従神官たちが二日おきに状況を伝えに都までやってきて、次の従神官と入れ替えに神殿へと戻っていく。エテルは留守の間の状況を詳しく聞き、この場所から指示を出しているのだ。

「はあ……」

どうしたら、月ほど遠い位置にいる主の手助けができるようになるだろう。何から手を付けていいかわからなくて、ため息が出る。

「クロ。ここにいたのか」

「アヴさん」

どうした、番犬はもうやめたのか？　と笑って、アヴは隣に腰掛けた。

「……どうやったら、アヴさんみたいに逞《たくま》しくなれますか？」

「なんだ？　急に」

「だって……もしかしたらこのまま戦に出るかもしれないんでしょう？」

部屋では連日、その話をしている。いざ戦場に行くとなったら、さすがに守護獣としてなんらかのお役目がもらえるのではないかと思う。

そう思って口にしたら、アヴはしばらく考えてから話し出した。

「サマリアはな、長く内乱が続いている地方なんだ」

もとは大きな国だった。だが国は滅ぼされ、今はカルデアの支配下にある。

サマリアはかつての栄光を取り戻そうと独立を図って、何度も内乱を勃発させている。

「そこに乗じているのが、西の隣国サイスだ」

サマリアに独立をそそのかすことで、この国を内側から瓦解させようという魂胆なのだという。裏で手を引いて、内乱を長引かせている。

「サマリアは実り豊かな地だ。誰もいなくなったら小麦は作れないからな。逆らうからといって民を片っ端から処罰するわけにはいかないんだ」

だから、一度起こった内乱を収めるのは一筋縄ではいかない。どうにかして蜂起する民を制圧し、そそのかすサイスの間者《スパイ》を捕らえ、内乱のどさくさに紛れて攻めてこようとしているサイス軍を蹴散らさなければならない。

アヴは膝に肘をつき、頬杖《ほおづえ》をついて指を組む。

「サマリアの平定と西門の死守で、軍は最低でも二手に分かれる。さらに、サイスもあちらの神官が何かしらを仕掛けてくるだろう。思っているより厳しい戦になる」

なら、なおのことエテルを守るための人員は多いほうがよいだろう。そう思ったのに、アヴの言葉はクロの意思とは違うものだった。

「戦場に行ったことのないお前に、いきなりこんな激戦は無理だ」

後方で大人しくしていてくれと言われてしまう。

「そんな……」

それではエテルを守れない。

「お前が死なないことが大事なんだ」

「なんでですか……」

アヴは、言おうかどうしようか迷っているようだ。

「それって、前の守護獣が死んだからですか？」

アヴの眉間に難しい皺《しわ》が寄る。

「誰から聞いた」

「あの……イシュタル神殿のスモル様に……」

「あの方か……」

昼間、お茶の席に上げてもらったことを報告すると、アヴは頭を掻きむしり、ああちくしょうと呟いたあと、大きく息を吐いた。

「言っとくが、別に隠そうとしたわけじゃないからな。俺だって、時期を見て説明するつもりだった」

うん、と頷く。アヴは静かに話し出した。

「スモル様たちの読みは当たっている。エテル様は、俺たちには何もおっしゃらないし、お振る舞いも変わらないが、ヴァトネを喪ったことに、深く傷ついておられる」

俺たちにはわかる……とアヴは言う。

「にこりともなさらないお方だが、あの方は情が深いんだ。何もおっしゃらない分、ヴァトネのことでご自分を責めておいでだ。だから、次の守護獣を頑《かたく》なに受け取ろうとしなかったんだと思う」

けれど、お前を受け取ってくれてよかったとアヴはクロを見る。

「ヴァトネの思い出が消えるわけじゃない。でも、お前がいることで、少しでも記憶が上書きできるなら、そのほうがいいと思うんだ」

王の度重なる説得に、王との関係を慮《おもんぱか》ったエテルが承諾の意を示した。だがその代わり、選定のやり方に条件を付けた。

「守護獣をこちらで選ぶなとおっしゃった。どの者にも等しい条件で、誰にも偏らないように選出せよと」

それは、戦死するかもしれない可能性のある役目だから、一方的に押しつけたくないというエテルの想いだったのではないかとアヴは推測している。

「もちろん、俺の勝手な邪推かもしれないけどな。でも、そこまで考えてしまうほど、エテル様はまだヴァトネのことがふっきれていないんだ」

　だから、と肩に手を置かれた。

「お前に死なれては困るんだ。またエテル様に心の傷を負わせたくない」

　――アヴさん……。

「俺たちは、そう簡単には死なない。だが、お前だと一撃で吹っ飛びそうだからな」

　今回はあきらめて、生きることだけを考えてくれと説得されてしまう。

「もうちょっとお前が大きくなったら、訓練をつけてやるから、な」

「…………はい」

　クロは、頷くしかなかった。


　その翌日、都に西門から急使が来た。サイスの大軍が攻め入ってきているという。報せが入ってしばらくすると、エテルのもとに王の使いが来た。

　クロは相変わらず部屋の入り口で、槍を持った兵士と一緒に門番をしている。見慣れない侍従の訪問に、前足を揃えながら鼻だけヒクヒクさせて興奮した。

　――なんだろう。出陣の命令かな。

　侍従が恭しくエテルに頭を下げる。

「陛下が、内々でのお話をなさりたいとお呼びでございます。どうぞ王の部屋へお越しくださいませ」

「わかった」

エテルが椅子から立ち上がる音がする。きっと従神官を従えて王のもとに行くのだろう。ぴしっとした格好でお見送りをしようと、耳までピンと立てていたら、エテルが入り口で立ち止まった。

「付いてこい」

――え……。

ぽかんと見つめると、エテルが不機嫌そうな顔をする。

「聞こえなかったか？」

「は……い、いえっ」

慌てて人の姿に戻る。お供させてもらえるとは思わなかった。嬉しくて駆けだしそうになったが、エテルにぴしゃりと怒られる。

「服を着ろ」

――はっ。そうだった。

集落だと、わりとそのまま素っ裸で走り回ることも少なくないので、つい忘れてしまう。

「あ、服……服、どこだっけ」

エテルの後ろで、アヴが頭を抱えている。クロはヨムに「ほら」と服を渡され、急いでその場で下穿きと前帯、腰帯だけ締めた。

どうにか身なりだけ整えると、片眉を吊り上げて待っていた侍従が先導し始め、エテル、クロ、アヴとヨムの順で歩く。エテルの初のお供にドキドキするが、よく考えたら当たり前のことなのだ。

――そうだよな。王様の前に行くのに、守護獣を連れていかなきゃ、下賜されたのに失礼だもんな。

体裁……というものなのだ。お飾りなのだとはわかったけれど、嬉しいものは嬉しいので、別にいい。クロは、なるべくウキウキして見えないように、アヴの真似をして真面目くさった顔をした。

最上階は王とその家族だけの私的な空間だ。エテルに割り当てられた部屋より数段広くて豪華だった。侍従が訪れを告げると、柱の左右に控えていた宮女たちがすっと薄布を左右に分けて、エテルたちと部屋へと入る。エテルの優雅な礼の後ろで、クロも王に深々と拝礼した。

「堅苦しい挨拶はよい。さあ、こちらへ」

王はゆったりと長椅子に腰掛けていたが、その左右を取り囲むように女性と子どもの姿がある。クロは頭を下げたまま、そっと家族と思われるその集団を見た。

――左はお妃《きさき》様で、右は王子様かな……。

緊急事態だというのに、まるで家族の団らんの場に招かれたかのようだ。エテルは顔を上げたが、促された場所には座らなかった。

「出陣のご命令かと思っておりましたが」

「そのとおりだ。そなたには、西門へ援軍として向かってほしい」

王はすでにサマリアに三万、西門に二万の兵を送り出していた。それぞれにニンスン神殿とシン神殿の主神官を付かせてある。だが、急使の報告を聞く限り、西門は押されているようだ。

西門へは、月の神シンを戴く主神官が遣わされている。

「鷹の報せで、シン神のお力では抑えきれぬと訴えてきておってな」

やはり、そなたに出てもらわねば収まりがつかない……と王が言うと、エテルは優美に胸に手を当てて拝命を示す。

「御意……」

玉座の間で命じてもよい内容だ。クロにはやや不思議に思えてかしこまりながら控えていると、公式の用向きが終わった王は、相好を崩した。

「妃がどうしてもと言うのでな。席を設けるなら、出立前しかないと思って呼んだのだ」

王の横で、絨毯に座っている王妃がやわらかな声をかける。

「そうですよ。せっかく王宮に戻ってきているのに、少しも顔を出さないのだから」

「失礼いたしました」

エテルの声は変わらない。冷たいわけでもなく、かといって迎合するような感情も込めず、ただ主神官として淡々と答えている。むしろ、王妃や王のほうがエテルを慮るような話し方をしていた。

——あれ……？　王妃様って、エテル様と顔が似ている？

子を持つ年齢の女性らしい、ふっくらとした丸みのある体形をしていて、頬や顎のラインもまろやかだが、透明感のある銀の髪と繊細な目元は、エテルにどことなく似ていた。

穏やかで、やさしそうな雰囲気の女性だ。反対側にいた、まだ五歳くらいだろうと思われる男の子が、母親のほうへ駆け寄ってきて膝に座る。王妃も、王と自分の面差しを継いだ幼子の頭を、愛《いと》おしげに撫でた。

「この子も、あなたに会いたがっていたのですよ」

「申し訳ございません。留守にしている神殿の采配もありましたので」

忙しいのね、と王妃は微笑んで労《いたわ》った。幼い王子も、にこにことエテルを見ている。

「しゅごじゅう、可愛いかったですね」

——俺？

王子が無邪気にクロを指さした。王にとっても可愛い息子らしい。玉座の間で見せた迫力を消し、笑みを見せる。

「下賜の時に立ち合わせたらな、すっかりその小さいのを気に入ったらしい」

「では、此度《こたび》の戦には連れてまいりませぬゆえ、この守護獣は王子にお預け申し上げましょう」

——えっ……。

思わず顔を上げたが、エテルは澄ました顔をしている。

「ほんとう？　兄うえ、貸してくださるのですか」

——兄上？

いろいろびっくりしすぎて、どれに反応していいかわからない。王とエテルは、勝手にやり取りしている。

「守護獣を守護に使わず、どうするのだ」

「これは、戦場に出すにはまだ小さすぎますので」

「ううむ……確かに、そうだな」

「サイスが西門を突破したのでしたら、猶予はありません」

この後、すぐ西へと出発するという。もちろん、従神官たちがこうした事態に備えて、いつでも出陣できるように準備を整えていたのだ。

「陛下は、どうぞこのまま神々のおわすバブ・イルをお護りください」

「うむ。吉報を待っておる」

「御意」

エテルは恭しく拝礼をすると、さらりと白銀の髪を揺らして踵《きびす》を返した。クロも慌ててそれに倣《なら》って部屋を辞去する。

「……」

王子に兄と呼ばれる身分、王妃によく似た容姿……もう聞きたいことが山盛りだが、今はそれどころではない。クロは王の居室を出ていくらもしないうちに、エテルの前へ駆けだした。

「俺っ、俺も一緒に西門へ行きますっ」

立ち止まったエテルが冷ややかな眼を向ける。

「話を聞いていなかったか」

「聞きました！　でも、俺はエテル様の守護獣です。俺も行きます！」

「くどい。そなたを連れていく気はない」

置いていかれてしまう。エテルが戦場で戦っている間に、あの幼い王子の遊び相手として、ただ安穏とこの城で過ごすことになるのだ。

——俺は、エテル様をお守りするのが役目なのに……。

たまらなくなって、エテルの行く手に両手を広げて立ちはだかる。アヴが止めようとしたが、クロは摑まれた腕を振りほどいて叫んだ。

「俺はロークの子です！　狩りだって子どもの時からしてるし、そんなにヤワじゃないです！　エテル様の守護獣として仕えさせてください！」

「……」

エテルの金色の眼が、怖いほど静かにクロを見た。

「そなたを守護獣として使う気はそもそもないのだ。王の手前、形式上引き取ったに過ぎぬ」

「そっ……」

わかってはいるけれど、本人の口から言われると心を抉《えぐ》られる。無意識に眉がハの字になった。

「そんなに……俺は、要《い》らないですか」

エテルはクロを避けるように歩き出す。もうかまう気はないらしい。歩きながら、アヴに出陣の指示を与えていた。

――……。

悔しさが込み上げる。

――俺が……ちっこいから。

無力だから、戦力にならないから、エテルに一顧だにされない。そのことが猛烈に悔しい。

「俺は死んだりしません」

エテルの足が止まる。アヴが隣でやめろ……という顔をしたけれど、クロは止められなかった。

「置いていかないでください」

「……」

振り向いたエテルと睨み合いになる。この美しい瞳が持つ迫力に、なぜかまったく怯《ひる》む気が起きない。

——貴方《あなた》の傍にいたいんだ。

胸の奥が熱い。やがて、金色の瞳がすっと伏せて逸《そ》らされた。

「勝手にするがいい。……アヴ、そなたに任せる」

「あ……」

エテルはそのまま立ち去ってしまう。

「ありがとうございますっ！」

クロは飛び跳ねるように頭を下げた。

もちろん、アヴは額に青筋を立てて怒っていた。

三　戦場

エテルの一団は、翌日の早朝に都を出発した。

護衛に一千の兵を付けるという王の申し出は断ったが、王の意向を無下にはできない。折衷案として騎馬の兵が百騎という陣容となった。

速度を出すためとはいえ、歩兵がおらず、全員騎乗という軍は珍しい。

――軍っていったら、普通は歩兵だよな。

運搬や戦車を引かせるならともかく、馬は、手綱だけで操作せねばならないため、よほど訓練した軍人でないと乗りこなせない代物だ。クロは、騎乗できる兵をとっさに百人以上用意できるカルデアの軍事力もさすがだと思ったが、騎馬での移動を選んだエテル自身にも驚いている。

馬上でアヴが陽射しを手で遮りながら、はるか先頭を見てぼやく。

「馬に乗る神官なんて、エテル様くらいなもんだ」

「そうなんですか？」

付け焼刃で、どうにか一人で馬に乗れるようにしてもらったクロが、並走しながら問う。

左右に小麦畑が広がるのどかな街道に、斥候の騎馬兵が二騎。左右の様子を探って走る兵が十騎。エテルの前衛が十騎、エテルと従神官を挟んで後方に二十騎、そのほか、遠征に必要な荷を積んだ戦車とその護衛が続く。

「普通、貴人は輿《こし》を使うもんだ」

――確かに。

神殿兵に守られ、従神官たちに担がれた輿で、幾日もかけてゆっくりと移動するのが当たり前なのだ。だがエテルは戦況の悪さを案じて、一刻も早く到着するために馬を選んだ。

ニヌルタ神は戦いの神だ。どの神殿に祀られている神も人間には遠く及ばぬ力を持っているけれど、戦となればニヌルタ神に勝るものはない。

その戦神の力を使える主神官として、エテルはこれまでも数々の戦に出ていたのだとアヴは教えてくれる。

「エテル様は、王宮や神殿で優雅に暮らす連中とは違うからな。戦の現場をよくご存じだから、悠長なことを言ってられない事態だと、わかっておいでなんだ」

兵の無駄死にを少しでも減らすために、道中を急いでいるのだという。いつでも出陣できるように、ヨムやナハルに荷をまとめさせていたのも、同じ理由らしい。そういうところも、アヴたち従神官がエテルを尊崇する理由だ。

「エテル様は、口先だけの同情をする方ではない。黙って民のことを考えて行動してくださる方なんだ」

だからお前のような者も同行させてもらえるんだぞ、としっかり釘を刺される。

「新参者のくせに、主に逆らうなんて、普通なら手打ちもんだ」

「……すみません」

結局、あのあとアヴは王と王妃、王子に平身低頭で謝りに行き、守護獣を留守番させないことになったと説明して回った。もちろん、幼い王子にはかなり泣かれた。

アヴは少しだけ厳しい顔をする。

「今回は、エテル様がお許しになったから俺が尻拭いしたが、そう自分の我が儘《まま》が通ると思うなよ。お前がやらかす勝手の結果は、主の評価に繋がるんだからな」

「はい……」

それは反省している。守護獣を貸してもらえると喜んでいた王子に、アヴは何度も「エテルは貸すつもりだった」「エテルの気まぐれなどではなく、戦況の悪化による止むを得ない措置」と説明していた。

「王子が納得してくださったからいいものの、一歩間違えば、悪意で王子のお気に入りを取り上げたようにも見えてしまうんだぞ」

エテルが最初に貸すと口にしているのだ。一介の守護獣に過ぎないクロの言い分で覆るなど、本来はあってはならないことだと再び怒られる。

しゅんとすると、アヴがため息をついた。

「まあいい。エテル様に大口を叩いたんだから、せいぜいちゃんと無傷で戻れよ」

死んだら許さんからな、と真顔で脅され、クロは気を引き締めて頷いた。

「はい」

援軍の一団は足元が見えなくなるギリギリの時間まで行程を進め、近くに宿場街や領主の館などがあればそこに宿を取る。ない場合は野営だ。幸い、西門までの領地は管理が行き届いた治安のよい地域で、斥候が大きな隊商宿を借り切って、その日休める場所を確保した。

エテルの身の回りの世話は、従神官たちがする。護衛に付けられた兵は王直属の精鋭たちだが、従神官たちは暗殺や間者が紛れる危険を警戒して、決してエテルに近寄らせないのだ。

クロも、ヨムやナハルたちに交じって一生懸命手伝いをする。今日は、エテルの足を洗う水汲みをさせてもらえた。桶《おけ》を足元に置くところまでしかやらせてもらえなかったけれど、かいがいしく世話をする従神官たちを観察しながら、少しでも手伝えることがないかと目はしを利かせている。

食事や翌日の行程の打ち合わせが済むと、就寝後はアヴたちが交代で不寝番を務めている。もちろん部屋の周囲に護衛はいるけれど、何があってもすぐ駆けつけられるように、扉の外に従神官が控えているのだ。

クロは灯《あか》りが消えた部屋を見上げ、宿の裏庭に出た。繋いである馬がぴくりと耳を震わせたが、見知った顔だから、それ以上は怯《おび》えない。

「……」

深く呼吸をする。クロは、もらったばかりの鉄の剣を鞘《さや》から抜いて構えを取った。戦地に向かうからと与えられたサンダルが土を躙《にじ》って、ざりっと音を立てる。

剣身は重く、刃が鈍く月光を弾いている。大きく振りかぶって、息を吐きながらブンとそれを振り下ろす。

剣は、アヴから護身用に持っておけと言われたものだ。

――俺がもっと強くなれば、不寝番を務める人数が一人分増える。

そうできたら、アヴやヨムたちはもう少し楽になるだろう。従神官三人が少しずつ睡眠時間を減らして勤務しているのに、自分だけが朝までぐうぐう寝ているなんて、とてもできない。

空を睨み、敵を想定して何度も剣を振り下ろす。

《獣態になった時のお前の大きさを考えたら、人の姿のままで戦ったほうがいい》

人の姿でいるのなら武器が必要だから……ともらった剣は、兵士が持つ剣より少し刀身が短くなっている。素人でも扱いやすいように、アヴが軽いものを見つけてきてくれたのだ。

それでも、振り下ろすだけで手の先が剣に振り回されている気がする。

「手首で剣を止めようとするな。振り下ろした剣は、腹で収めるんだ」

「アヴさん……」

声に振り向くと、アヴも剣を握っている。

「握った剣は、お前の手の延長だ。お前は腕を振り下ろす時、肘で動きを止めようとはしないだろう？　それと同じだ」

剣先は指先だと思え。すべての動きは、ここに収める……と腹を拳で軽く押し、体幹の整え方を教えてくれる。

「急にはできんさ。それより、ちゃんと寝て大きく育ったほうが、お前には近道だろ」

「でも……」

「まあ、そう焦るな」

疲れない程度に足場の取り方や身の翻し方だけ教えてくれて、アヴは部屋に戻って寝ろと促す。クロは剣をしまいながら、昼間では聞けないことを口にしてみた。

「……あの、エテル様のご両親って」

どことなく容姿に重なるところがある王妃を思い浮かべる。アヴはああ、と低く言った。

「エテル様は、王妃様のお子だ」

王族ということになるのだろうか。クロは、従神官たちがエテルに厳重な警護をする理由がわかった気がした。

アヴがすっと左右を視線で確認する。人が近づけば、敏感な馬のほうが先に騒ぐだろう。

「隠すことでもないし、また他所から耳に入るのもなんだからな」

そう言いながらも、アヴは声を落として話した。

「王妃様は、もともと異国の女神官だったんだ」

女神官には二種類ある。単に性別が女性で神官職に就いた場合と、いわゆる神聖娼婦とも言われる、〝その身体を通じて神と言葉を交わす〟ための神官だ。王妃は後者だった。

「陛下は、太陽神マルドゥクの神像を取り戻すために異国の神殿を制圧した。そこで、女神官だった王妃様に出会われたのだ」

魅せられた王は、神像の奪還と同時に王妃を召し上げた。彼女は神官という身分を盾に異国の王との婚姻を拒んだが、その時、エテルを身ごもっていたことが判明した。

「王はそれを理由に還俗《げんぞく》を迫った。子を産んだ女は、神と通じる力を失うからな」

王妃はエテルを産むために還俗を受け入れ、王の求婚を拒む理由がなくなったために、妻妾《さいしょう》の一人となったらしい。王妃となったのは、その後に王子を産んでからだ。

——……。

クロは、王の部屋で見た奇妙な光景を思い出していた。

母である王妃とその夫、膝で甘える王子。仲の良い一家にしか見えない三人の前に立つエテル。決して粗略に扱われているわけではないけれど、エテルは一人だけその輪から弾かれているように見えた。

だがアヴは、エテルは血の繋がらない王から、下にも置かない厚遇を受けていたと話してくれる。

「女神官を通じて神と語らうことができるのは、高い身分の者だけだ。しかも、王妃様はかの国の国王専任の女神官だったそうだ」

つまり、エテルは異国の王の落胤《らくいん》ということだ。

異国の王の血を引くということは、異国の神の力にも通じていることになる。エテルがほかの主神官たちよりも強いのは、そうした理由によるものらしい。

「王は、力の強いエテル様を、ことのほか頼りになさっていた」

だから、北の隣国メディアとの重要な防衛拠点であるニヌルタ神殿を任せたのだそうだ。

「王子がお生まれになってからは、王妃様と陛下も仲睦《むつ》まじくなられた。お世継ぎが生まれるまでは、エテル様がたびたび取り沙汰されていたからな。王子の誕生は、本当に幸いだったんだ」

後継者となる男児がなかなか授からず、周囲から、強い力を持つエテルを世継ぎにしてはどうかという声が何度も上がった。

だが、そうなると異国の王の子がカルデア王位を継ぐことになってしまう。難色を示す者も少なくなく、何よりもエテルがそうした政治的な問題を煩わしがった。そういう経緯もあって、ニヌルタ神殿への就任を命じられると、よい名目を得たとばかりに、すぐ王宮を離れてしまったのだという。

「だが別に、離れて暮らしているからといってご家族が不仲ということはない。王のご信頼は変わらないし、母君はああして何かとエテル様を心配されている。異父弟《おとうと》君も、エテル様を慕われておられるからな」

——そう……なんだろうか。

確かに、王も王妃もエテルのことを気遣っていた。けれど、クロにはとてもあの四人が〝ご家族〟には見えなかった。

王と王妃と王子の三人家族に、一線を引いた場所から見ているエテルがいただけで、クロの知っている家族像とはかけ離れている。

——うちだったら、久しぶりに会う時は、きっと駆け寄ってきてくれる。

抱きしめて、元気だったかと頬擦りしながら頭を撫でてくれるだろう。あんな風に他人行儀に様子を聞くなんてことはないはずだ。

——高い身分の人は、違うのかな。

けれど、表情一つ動かさないあの時のエテルの顔が、なぜか思い出されてしまう。

感情を表さない、整った横顔。だいぶ見慣れてきたけれど、本当になんの感情も抱いていないのだろうか。

アヴはぽん、と背中を叩いて、話は終わったというように促す。

「寝ておけよ。明日には西門に着く。戦場で居眠りなんかしたら命はないぞ」

「はい」

ありがとうございました、と稽古をつけてくれたことに頭を下げ、クロは一緒に宿へ戻った。


翌日、アヴの宣言したとおり、昼を過ぎたくらいから、戦場の西門が近いことが肌で感じられた。

金色の穂がなびく穀倉地帯のはるか先で、黒い煙が見える。音も姿もない地点だったが、クロは毛並みがざわざわするような感覚を覚えた。

馬に乗っているのに、地面から禍々《まがまが》しい気配を感じるのだ。

虫や鳥が、人より早く気配に怯えて飛び立ってしまうように、精霊たちがざわめいてこの地を離れていこうとしているのが、感覚で伝わってくる。

「駆けよ！」

先頭のほうでエテルの鋭い声が上がって、そうでなくても速足だった馬が、一斉に速度を上げた。

「あ、おいクロ！　待て！」

蹄《ひづめ》が土埃《つちぼこり》を巻き上げる。騎乗している兵士たちが前屈みになって駆けるなか、クロは馬の首に抱きつくようにして、護衛兵を追い抜いた。エテルは、クロが来たことに気付いているのかいないのかわからないが、振り向くことはない。

馬の方向は膝と足先で腹を押しながら伝えている。戦場の経験はもちろんないけれど、半分流れる獣の血がなせる業で、その先がのっぴきならない状況になっているのだとわかった。

アヴも追ってくる。地鳴りを響かせて街道を走るうちに、風に乗って焦げた臭いが漂ってきた。

——これは、火の攻撃なのか？

油の匂い、肉や木材の焼け焦げた臭いと黒煙。怒号と悲鳴のような気配がだんだん近づく。

誰も口を利かなかった。西門はまだ見えないけれど、もうサイスの軍が門を突破し、領土の内側まで攻め入っているのだ。

エテルは聖衣の裾をはためかせ、銀色の髪を巻き上げて、軍神ニヌルタの化身のように黄金の眼で敵を睨んでいる。やがて、侵攻の渦中へと一団が飛び込んだ。

「わああ」

「！」

——小麦畑が！

悲鳴が聞こえたほうに顔を向けると、実った穂の上を、炎が舐《な》めるように広がっていき、黒い煙を上げている。さらに駆けていくと、地面に油の染みた黒い変色がいくつもあった。

「うわああ」

「お助けを！　お助けを！」

——ひどい……。

油を被った場所は燃えている。刺さって燃えている矢と、ひゅんひゅん飛んでくる火矢で、どんな攻撃を受けているかがわかった。逃げまどっているのは、小麦畑の農民たちだ。

救助を乞い、走り寄ってくる味方の兵に、エテルが左右の騎馬兵に命じる。

「そなたたちが指揮して防火帯を作れ！　延焼を食い止めよ！」

「はっ！」

まだ燃えていない後ろのほうの小麦畑を先に刈り取って、それ以上燃え広がるのを防ぐのだ。命じられた兵は即座に馬首をめぐらせて隊から離れ、エテルは止まらずに走った。

前線はまだ先だ。近づくにつれて、すでに田畑は焼かれ、焦土となって残り火があちこちで煙を上げていた。先頭の兵が、ニヌルタ神殿の神殿旗とカルデアの国旗を掲げて、声を張り上げる。

「王命により、エテル様がご出陣くださった！　将軍はどこか！　繰り返す！　王命である！　将軍はいずこか！」

翻る紫地の旗に、金色の神殿の縫い取りが輝く。幾人かの兵が指揮者のいる陣営をさし示して走り、一団は火矢をくぐりながらその方向へ疾走した。

「エテル様！」

「そなたが指揮者か」

「はっ、申し訳ございませんっ」

兜《かぶと》も鎧《よろい》も煤《すす》だらけの戦士が駆けつけ、戦況を報告する。

「西門はすでに破られ、この先で土塁を築いて防戦しております。しかし、向こうが火術を用いております」

油の入った壺が投げ込まれ、地面に当たって割れた。そこに火矢をかけられているのだという。

「シン神殿の主神官様が風を起こし、火を押し返してくださっていたのですが、敵の神官めが風を逆巻かせて、味方の被害が甚大なのでございます」

軍の駐屯地で幕屋が焼け、消火に手間取っているうちに穀倉地帯へと燃え広がったのだという。エテルはそこまでで説明を止めさせ、左右の兵に向かって指示を出した。

「シン神殿の主神官を探し、救助せよ。私は迎撃に移る」

「はっ！」

エテルが騎乗している黒毛の馬は、炎にも煙にも動じず、主が祈りに集中するのにじっと従っている。いつの間にかエテルの後方はクロを含めた神殿の人間が取り囲んでいた。

「ニヌルタの神よ……」

加護を願う祝詞《のりと》を唱えた時、前方から悲鳴と怒号が重なった。

「うわああ」

「戦車だ！　逃げろ！」

前線の兵士たちが、蜘蛛《くも》の子を散らしたように散開する。ひらけた前方からは、地鳴りと激しい馬のいななきがして、劫火《ごうか》を背負った戦車を引いた馬が、狂ったように駆けてくる。

――燃える戦車が走ってる！

二輪の戦車には通常、人が乗っている。戦場で最も機動力のある乗り物だ。だが、眼前から何十台と走ってくる戦車は、人の代わりに布のようなものがくくり付けられており、それが燃えて火柱を上げていた。馬は熱さと恐怖でめちゃくちゃに暴走している。

――なんて、ことを……。

自国の兵は、火だるまの戦車に逃げまどっている。クロは馬車がエテルに突進してくるのではないかと気が気ではない。

左右に避けるべきではないか。エテルを庇おうと、馬から身体が浮き上がりかけている。

だが、エテルは正面を見つめたままだ。

――エテル様。

エテルの身体から、ぶわっと神気が上がる。まるで、見えない竜巻が起きたかのようだ。

「我がカルデアに力を！」

鋭い声と同時に、空気の塊が爆発するように、驚くような圧が噴き上がって、エテルのいる場所から、燃え盛る戦車に向かって爆風が起きた。

「うわあっ」

「わあっ」

護衛の兵たちも従神官たちも、風圧に思わず身体を丸める。馬は棹立《さおだ》ちになり、周囲にいた歩兵たちは吹っ飛ばされて辺りに転がった。

クロは、馬の首にしがみついて持ちこたえる。

――エテル……様……。

暴風は一瞬ではなかった。まるで決壊した濁流のように激しい風が吹き続け、暴れる戦車の馬たちもそれ以上前に進めない。凄《すさ》まじい神気を発しているエテルを薄目で盗み見ると、目を開けていられないほどの突風のなかで、エテルだけが背筋を伸ばし、馬上でただ一点を見続けている。

――あ……火が。

馬の尻を追い上げていた戦車の火は、風に押されるように勢いを小さくしている。立っていられず、戦車ごとひっくり返っている馬もいたが、少なくとも炎は勢いを失っていた。

激しさを消していないのはエテルだけだ。風に銀色の髪を巻き上げ、鬼神のごとき様相で炎を押し返している。

「……」

クロは、馬上で瞬《まばた》きすら忘れてその姿に魅入った。

半獣の肌感覚でわかる。目には見えないが、目の前では異国の神の力とエテルの力が押し合っているのだ。

——エテル様の力が、強すぎて凪みたいに見えるんだ。

戦車たちのずっと後ろのほうで、なんとか押し返そうとする力が、壁のようにぶつかっている。けれど、力の差は明らかだった。ぐぐっと炎が後ろに押されて力の壁にぶつかると、舐めるように上へと躍り上がる。

「す……ご…………」

周辺にいるだけで、どぅん、と胸を押されるような力だった。麦畑を燃やしていた炎も煙も、押し返されてサイス軍のほうへと延びていく。

煙と熱に巻かれていた自国の兵たちは、急に澄んだ空気を吸えるようになって、何が起きたのかわからず、びっくりした顔のまま辺りを見回している。突風に身を屈めていた護衛兵や従神官たちも顔を上げ、エテルの放つ尋常ではない力に目を見張った。

はるか前方で、押し返された力にサイス軍が悲鳴を上げている。力とともに炎も押し返されて左右に燃え広がったため、あちらこちらで軍の隊列が乱れていた。

だが、その時クロは視界の端に何か動くものを察知した。

目で見るというより、影や空気が動くのを捉える昆虫たちのような能力だ。クロ自身も、どうやって察知したかを考えるより早く、本能的に馬上から飛び出していた。

ひゅん、と矢が太陽の光を弾きながら弧を描いて飛んでくる。

矢は高く上がって、まっすぐにエテルへと向かっていた。太陽の真下に入った矢は、眩しくて見えない。クロは、とっさに最もそれを阻止しやすい身体へと変じていた。

「――！」

黒い仔犬のような姿になって、はしっとエテルを狙った矢を横から咥える。身体ごと矢へ跳躍したことで、その進路はエテルから逸れた。

やった……と頭のどこかでそう思った。

エテルを守れた……と喜んだ次の瞬間に、エテルの神気が一瞬止まり、その刹那、相手の神官の力がバンと押し寄せる。

――あ……っ。

押し返されてくる風に巻き込まれて、矢を咥えたままクロの身体はくるくると回った。

「クロ！」

――え……。

叫ぶ声と同時に、一瞬だけ止まっていたエテルの神気が甦《よみがえ》る。それも、倍するほどの力が放たれて、つば迫《ぜ》り合っていた相手の神官の力は、木の葉のように周囲へ撒《ま》き散らされた。

その時、宙を舞っていたクロは何かに包まれたような感触を覚えた。

「エテル様！」

アヴが叫んでいる。手を伸ばされた感覚と、地面にどんと叩きつけられた感覚がほぼ同時だった。

「……っ」

「エテル様っ！」

「エテル様！」

従神官たちの緊迫した声が聞こえる。クロが目を開けると、目の前にエテルの顎が見えた。

「！」

エテルが腕で抱きとめてくれたのだ。神官の白い聖衣が、地面に叩きつけられて土にまみれている。

クロは腕のなかから飛び起き、すたっと地面に立って主の顔を見た。

頬を泥で汚したエテルが、無事を確認するかのように黄金の瞳をクロに向け、気難しく眇《すが》める。

「なにが〝死なない〟だ……バカ犬が」

「エテル様っ、しっかり！」

次の瞬間にぐったりと目を閉じたエテルを、従神官たちが慌てて抱き上げた。

エテルは肩を脱臼した。

サイス軍は、エテルが最後に発した猛風が致命傷となって退却していった。西門はかなり破壊されたが、再防衛と応急処置も含めて、派兵された二万の軍と将軍が対応に当たるという。シン神殿の神官も、引き続き留《とど》まって再襲に備えることとなった。

負傷したエテルは、シン神殿の輿で運ばれることになり、慎重に王宮への帰路へつく。

エテルは医師によって外れた肩を入れ直され、布できつく固定されている。治療をする間も、宿でエテルが寝かされた時も、クロは顔を上げられなかった。従神官たちも、クロのほうは一瞥《いちべつ》もしない。

やがて夜半になって、エテルは患部から発熱した。ヨムとナハルが、交代で看護のために傍に付いている。

なすすべもなく部屋の外の廊下でうな垂れていたクロの前に、アヴが現れた。気配に顔を上げると、厳しい顔をしたアヴが低く言う。

「ちょっと来い」

「はい」

怒りが大きすぎて、この場で怒鳴れないほどなのだと、ひしひしと感じる。クロも、黙って無視されるより、叱られたほうがまだ気持ちが救われる気がした。

主に怪我《けが》を負わせてしまった……。心が苦しくて、一人ではどうしていいかわからない。

宿を出て、エテルの眠りを妨げない程度に建物から離れると、アヴは怒気を隠さなくなった。

「一発殴らせろ、でないと俺の気持ちが収まらない」

黙って頷く。殴られるくらいでは済まないことだと、充分わかっている。

「……っ」

シュッと拳が空を切る音がして、クロは地面に吹っ飛んだ。目の裏で火花が散っている。クロは、息を荒らげているアヴにそのまま土下座した。

「すみ……ません、でした」

謝って済むことではない。死ななかったからよかったものの、誰よりも守らなければならない主に怪我をさせたのだ。

――俺が、付いていくって言わなければ怪我はしなかった。

戦力的に未熟なクロの随従を、誰もが反対していたのだ。それを大丈夫だと大見栄を切っておきながら、結局主君に庇ってもらい、あまつさえ負傷させてしまった。

――俺が……。

エテルの肩が麻布で覆われている……その痛々しい姿を見るだけで、胸が張り裂けそうだ。

――俺が、俺が来なければ……。

自分のせいでエテルが……という後悔と苦しさに、クロは額を地に擦り付けて謝罪する。

「すみません……」

「……」

アヴは許せないだろう。当然だ。許してもらって救われたいわけではない。だが、アヴは長く沈黙し、やがて屈み込んで腕を引っ張って立たせてくれた。

「アヴさん……」

苦し気な表情は、クロへの怒りとは別なものを含んでいる。アヴは目を逸らし、力なく掴んでいた腕を放した。

行け……というように顔を背けて手を振る。

「自己嫌悪なんだ……悪いが、今はお前の気持ちの面倒までみてやれない」

「……はい」

拒絶され、頭を下げてその場を去る。とても顔を出せる立場にはないとわかっているけれど、ほかに行く場所もなくて、クロはエテルの部屋の前に戻った。

これから先、一生お飾りの守護獣でしかないのだろうけれど、それでも、王宮に戻るまでエテルの警護を少しでもしていたい。

——エテル様……。

深夜の宿は、コトリとも音がしない。時どき窓の向こうからさわさわと小麦の穂が揺れる音がして、虫の鳴く声がするだけだ。廊下に差し込む月の光はどこか青くて、クロはずっと石床に目を落としていた。半刻ほど過ぎてから、交代のためにヨムが来た。

クロはぺこりと頭を下げるけれど、ヨムは複雑そうな顔をして目礼を返すだけで、木扉を軋《きし》ませて部屋に入っていく。いつも長い三つ編みを振り回して笑う豪快な従神官だけに、その硬い対応はズキリと心に刺さった。

入れ違いに出てきたナハルにも頭を下げると、ナハルはしばらく考え、近づいてきた。

「アヴに殴られたか？」

ごつごつした太い指が頬を撫で、手当てをするから来いと言う。

「……あの、大丈夫です」

エテルはもっとひどい怪我をした。こんな腫れとは、比べものにならない。手当てを受けることすら申し訳ない気がして拒んだ。けれどナハルは低い声で諭してくる。

「エテル様にその痣を聞かれた時、なんて答えるつもりだ？」

そう言われたら、治療を受けないわけにはいかない。

クロはナハルの後ろをとぼとぼと付いていき、従神官にあてがわれた部屋に入れてもらった。

「そこに座れ」

彼には小さいのではないかと思う寝台に腰掛ける。ナハルは携帯袋から、乾燥させて細かくしたヨモギの小袋を出し、水に浸した布に塗った。

「ほら、顔を向けろ」

ヨモギで緑色になった布が頬に当たると、腫れでズキズキした顔に心地いい。でもクロは、それでよけいに泣けてきた。

――エテル様は熱で苦しんでいらっしゃるのに……。

ぐずっと鼻をすすっていると、ナハルがぽんと大きな手で頭を撫でてくれる。

「アヴのことは許してやれ。あいつは、エテル様を守れなかった自分が許せなくて、どうにもならないんだ」

クロは頭を横に振る。アヴのせいではない。

「俺が……勝手なことをしたから」

守護獣の世話を任されたアヴからすれば、痛恨の失態だっただろう。自分のせいでアヴまで苦しんだのだと思ったのに、ナハルは違うと否定する。

「お前があの矢を止めなかったら、確実にエテル様を射抜いただろう。あいつは、とっさのこととはいえ、お前が気付けた矢を防げなかったことを悔いてるんだ」

「……」

「あの矢は、俺も察知できなかった」

エテルの起こした風と相手の神官との力の睨み合いで、音も気配もそちらばかりに気を取られたという。だからそのことに関しては、お前がいなかったらエテル様が危なかったと言われた。

——そんな……。

思ってもみなかった言葉だ。けれど、ナハルは眉間に深い皺を刻む。

「だが、そのあとにエテル様が落馬されたのは、お前が原因だ」

エテルは、矢を防ごうと飛び出したクロを見て、一瞬力を止めたのだという。

「ご自分の力でお前を吹き飛ばしてしまうのを懸念されたのだろう。その分、相手の神官の力が押し返してきた」

結局クロはその力に巻き込まれてバランスを失った。地面に叩きつけられるのを、エテルが手を伸ばして抱え、防いでくれたのだ。

――そのせいで、エテル様は……。

「お前がいなかったら、エテル様はあんなお振る舞いはなさらなかった。だがお前がいなかったら、エテル様は矢に当たって死んでいたかもしれん……」

だからアヴは、力量をわきまえず飛び出したクロを叱ることもできず、かといって矢を防いだことを褒めてやることもできなかった。そのうえ、大切な主君を負傷させたことへの怒りが収まらず、殴ったのだろうと言う。

「それで自己嫌悪で落ち込んでるなら世話ないが……まあ、そういう事情だ。殴られたことは水に流してやれ」

ナハルは、矢を防いだことをお手柄だったと笑って褒めてくれた。

「俺……」

心が痛い。

「俺が……もっと強かったら………」

そうしたら、エテルはもっと安心して見ていてくれただろう。力を止めることもなく、無理に手を伸ばすこともなく、怪我はしなかったはずだ。

「そう自分を責めるな。初陣で主を守ったんだ。もっと自分を褒めてやれ」

ぽたりと涙が落ちた。そこからとめどなく涙がこぼれて、鼻水と涙でぐしゃぐしゃになる。

「俺……強くなります」

「クロ……」

「もう、二度とエテル様に心配をかけない、強い守護獣になります……っ」

ぼたぼたと鼻先から落ちる涙を拳で拭いながら、クロはナハルに誓った。

「お前……」

もう二度と、こんな思いはしたくない。

王宮にいた時は、小さくて力のない自分自身を悔しいと思った。でも、今は違う。

大切な人を守れなかったことが、悔しくて悔しくてたまらない。

エテルの、砂にまみれた頬と、嫌そうな顔が甦る。

――エテル様は心配だったんだ。

前の守護獣を引き合いに出して、死なないと大口を叩いたくせに、エテルが思わず手を出してしまうほど、自分は危なっかしかった。

もう、絶対エテルにそんな心配をさせてはいけないのだ。

いつでも安心して身を任せてもらえる、強い守護獣になりたい。

鼻水を垂らしながらの宣誓を、傷だらけの従神官は、そうか……と穏やかに受け止めてくれた。

四　エテル

エテルは、負傷した肩の痛みをこらえながら、なるべく顔に出さないように努めていた。

宿泊先の宿では、かいがいしく世話をする従神官に紛れて、クロが来るからだ。

クロとしてはいたたまれないだろう。俯《うつむ》いて、まるで泣くまいとするかのように口を引き結び、それでも従神官たちの手伝いをしている。

——……。

本当は、主として労りの声をかけてやればよいのだと思う。クロが飛び出してきたのは矢を防ぐためだったのだし、力を止めて手を出したのは自分だ。

「……」

あの時は、無意識だった。

クロはなりが小さい分、身体が軽い。だから、たとえ風で吹っ飛んだとしても、死ぬ危険は少なかったはずだ。

結局、不安に耐えられなかったのは自分のほうなのだとわかっている。放り上げられたクロの姿に、崖下に落ちていったヴァトネをだぶらせたのだ。

お前のせいではないと言ってやれば、クロの気持ちを楽にしてやれるだろう。けれど、ヴァトネの名を口にして説明することは、自分のなかでまだできない。

——それに、クロに関わりたくない。

そうやって呼び寄せ、会話をしてしまえば、あの人懐こい守護獣はあっという間に自分のテリトリーの内側に入ってきてしまう。それがわかっているから、敢《あ》えてクロとは一線を引いている。

もう、そういう近しい人間関係は作りたくない。自分以外の誰かのことで心を振り回されるのはごめんだ。

「エテル様、ご出発の用意ができました」

「うむ……」

部屋の扉が開くと、ナハルが入ってくる。患部を動かさないように、移動はすべてナハルが自分を抱きかかえて運んでいた。

部屋を出ると、廊下にクロが立っている。エテルは意識してそちらを見ないように顔をずらし、輿に乗った。

クッションを敷き詰め、ゆったりと横になったまま行けるように整えられた輿は、透かし彫りの窓の内側に、ひらりと風に揺れる薄布を垂らしている。なかはやわらかい陽射しが差し、繊細な彫り模様が影を投げかけていた。エテルは数人の護衛兵に担がれて進みながら、クロの視線を遮ることができることにほっとした。

あの守護獣の前で、痛みを顔に出さない努力をしなくて済む。

「……」

揺れるたびにくる痛みで顔をしかめながら、エテルは目を閉じる。

そうしていると、クロの小さく黒い鼻づらが、部屋の入り口からひょこっと覗いている姿が脳裏に浮かんだ。

興味津々という顔で、青空のような色の瞳がこちらを見ている。揃えられたぷくぷくの前足も、パタパタと床を打つ尻尾も、本当は少し可愛いと思っている。

ヴァトネは穏やかな守護獣だった。成獣だったからだろうか、クロよりずっと落ち着いていて空気を読んだ。出しゃばりすぎることもなく、どちらかといえば物静かだったと思う。

それに比べると、クロは本当に落ち着かない仔犬そのままだ。

——あやつは、自分がアホ面を晒《さら》しているのも気付いていないのだろうな。

夢中になりすぎるのか、たまに目をまん丸にして見つめている時、小さな舌が出てしまっている。

黒く艶やかな毛並みに、ぺろっと出たピンク色の舌は、愛くるしささえあった。

きっと、初めて見る王宮の部屋や、従神官たちとのやり取りが珍しいのだろう。気付かないふりをして打ち合わせを続けていると、クロはいつまでも部屋の入り口から小さな顔を覗かせていた。

「……バカな犬だ」

思い出しながら独り言《ご》ちたエテルは、微かに微笑んでいた。


王宮に戻ると、急使から負傷を聞いていた王と王妃が、エテルの静養のために宮殿の一角を用意していた。医師や宮女たちも配備されていて、エテルは断り切れず逗留《とうりゅう》している。

本当はあまり長く神殿を留守にしたくないのだが、こういう申し出を振り切って帰ると、王も王妃も拒絶されたように感じるらしく、そのあと何度も長々とした便りや品物を送り付けてくる。だから、あまりすげない態度は取らないほうがいいのだ。

——煩わしいことだが……。

なぜそんなに自分のことを気にするのか、エテルには理解できなかった。

女神官だった王妃は、自分を産んだ。彼女からしたら血を分けた子という気持ちなのだろうが、産むと同時に王の妻妾の一人として召し上げられ、離れて暮らしていたから、エテル自身には母親という実感がない。

王に至ってはただの他人だ。もっと親しみがない。

幼い頃、乳母に連れられて何度か生母のもとへ顔を見せに行ったけれど、その頃の王妃は、無理やり還俗させた王のことをあまりよく思っていなかった。王の熱心な求愛や贈り物にも関心を向けず、故国の神殿に帰りたがっていたのだ。自分も子どもだったから、それなりに母親には期待して声をかけたけれど、息子にも興味はなさそうだった。

きっと、還俗の原因となった自分のことも、本当は産みたくなかったのだろうと思っている。

その後、どういうきっかけだったのか王の子を身ごもり、異父弟が生まれてからようやく、王妃の態度が軟化した。

二人の子、という絆《きずな》を得て、王と王妃は家族としてまとまったように見える。もちろん、それはあの家族の問題だから、自分が関わる気はない。

——私には、関係のないことだ。

そう思っていたのに、王妃は子どもを手元で育てて初めて、母性が湧いたらしい。その頃から急に、放置していたエテルに対してあれこれと接近してきた。エテルにとって、それは鬱陶しい以外の何物でもない。

なぜ今さら母親面をするのか……という気持ちだ。別に、母親らしいことをされなかったと拗《す》ねたこともないし、王と異父弟の家族に交じりたいわけでもない。もう充分大人なのだから、放っておいてほしいだけなのだ。

王妃がやたらに声をかけてくるのは、関心を向けてこなかったことへの贖罪《しょくざい》なのだろう。だが、金銀財宝で詫びや埋め合わせをされても、鼻白《はなじろ》むだけだ。

――肉親の情など、望んではおらぬ……。

強がりではなく、本当に要らないと思っている。やんわりとそれは伝えている。けれど、なぜかそれは勝手に「恨んで拒絶している」と変換されてしまう。面倒で仕方がないが、拒絶と思われないようにするために、ある程度妥協して受け入れている。

――ああいう女は、自己満足したいのだろうからな……。

こちらが手を伸ばしても拒んだくせに、自分が愛したい時だけは手招くのだ。

これが普通の親子なら、絶縁するだけで済むだろう。だが、立場上彼女は王の配偶者で、自分は王のもとに仕える主神官である以上、まったく顔を合わせないのは不可能だ。

できることは、せいぜい距離を置くことしかない。だから、最も遠いニヌルタ神殿に配されたのは、正直ありがたかった。

会いたくない。なるべく、あの親子から遠い場所にいたい。

――愛だの情だのは、真っ平だ。

早く完治して、神殿へ帰りたいと思っている。床のなかでそう考えていた時、寝台の外から従神官の声がした。

「エテル様」

養生にと用意された部屋は、中庭を挟んで王宮の川側に作られた建物で、回廊で続いた離れのようなものだ。中庭と川に臨む二方向がそのまま外に出られるようになっている。豪華に飾られた丸柱の間には陽射しを遮る薄布が風に揺らめいて、ひんやりした大理石の床に影を落としていた。

「沐浴《もくよく》の準備が整いました」

「うむ……」

幾重にも布を垂らした寝台へナハルが恭しく近づき、エテルを抱き上げた。少し高くなっている寝台から運ばれていると、呆けたように見上げているクロがいることに気付く。

「……」

空色の瞳が目いっぱい見開かれ、つられてまた口も開いている。

――顔を上げるようになったか……。

王宮に着くまで、クロはずっと俯いたままだった。罪悪感のようなものが払拭できたのなら、よかったと思う。だが、それにしてもあの顔はどうなのだろう。

――ナハルの筋力に驚いているのか？

ナハルは獅子や闘牛と戦う闘士上がりだった。六つに割れた腹筋はもちろん、首も肩も筋骨隆々と盛り上がり、二の腕は筋肉の形にくっきりと絞られている。成人男子のエテルを抱えても、食事の盆を持っているのかと思うほど造作なく歩いていた。

もしかすると、クロはそうした逞しい身体が羨ましいのかもしれない。

――それにしても……。

クロは結局、沐浴場まで入ってきた。

「なぜお前がいる」

旅の間は従神官がすべてをこなしたが、王宮に戻ればこまごました世話は宮女たちがやる。どこまで付いてくる気なのかと質《ただ》したら、クロは両手に持った布を捧げて、名目があると主張する。

「お、お着替えをお持ちしておりますっ！」

「……」

誰がクロに仕事を与えてしまったのだろう。だが、ナハルも特におかしいと思っていないようで、クロを諌《いさ》める様子がない。仕方なくエテルは黙った。

従神官たちの仕事の割り振りまで、口を出したくはない。

沐浴場はエテルの部屋と同じくらいの広さで、大理石の床の一部分が深く掘り込まれ、タイル張りになっている。浴槽は青いタイルで彩られ、たっぷりと水が張ってあった。軽く泳げるほど幅があり、深さは立って入ると臍《へそ》の辺りまである。水面には、香りを付けるためにジャスミンの花が浮かべられていた。

抱かれたまま水に入り、そこでそっと下ろされる。着ていた装束が水を吸って肌に張り付いたが、ナハルがそれを丁寧に剝《は》ぎ取った。

ちゃぷんと水面が揺れ、白い聖衣の首元を、ナハルの無骨な指がくつろげていく。肌が露わになるのを、沐浴場の壁際にいるクロが見ていた。

「……」

着替えを捧げ持ったまま突っ立っていて、口をあんぐりと開けたまま、頬を紅潮させている。

――なんなのだ、あいつは。

身分の高い相手に対しては、礼儀として視線は伏せ気味にするものだ。凝視は不躾《ぶしつけ》なのだとわからせるために厳しい視線を向けたが、クロのほうはまるで気付く様子がない。

着ていた装束は、ナハルが水中ですべて脱がせて片腕にかけている。

水面には外から差し込む光がきらきらと揺れ、エテルの真っ白な肌にも反射した。長い銀色の髪が濡《ぬ》れて首筋や肩に張り付き、その先が水中でたゆたう。

空色の瞳は、まだ瞬きを忘れて見つめている。エテルはため息をついて後ろを振り返り、ナハルに命じた。

「もうよい。一人で大丈夫だ」

「ですが……」

「水中は浮力がある。肩には負担がかからない」

「……は」

介助しようとするナハルを下げ、ついでにクロを外に連れていけと耳打ちする。本人に聞こえないようにナハルのほうへ顔を近づけて囁《ささや》いたら、ナハルの顔もわかりやすく赤く染まった。

――こいつもか……。

顔をしかめると、ナハルがゆるんだ顔をはっとしたように引き締める。ちらりとクロのほうを見ると、黒髪の間から狼に似た両耳がぴょこんと立ち上がっていた。

目と耳が、エテルのほうを向いている。煩わしくてクロが見えない位置に移動すると、クロは追いかけてこない代わりに、目と耳が移動した方向へ角度を変えて付いてきていた。

「……」

一直線に刺さってくる視線に、少しも安らげない。連れていけと言ったのに、ナハルまで呆けてその場に控えているのだ。エテルは気難しく眉根を寄せて二人に命じた。

「あとは宮女にやらせる。二人とも下がれ」

「は……」

我を忘れて動かないクロは、ナハルが仔猫のように首を摑んで引っ張っていく。二人が消えて、ようやく沐浴場は花の香りに包まれた穏やかな空間になった。

「ふう……」

エテルは思わずため息をつく。

――なんということだ。

なぜ、主のほうが気を遣わなければならないのだろう。

その夜のことだった。

「なぜここにいるのだ」

就寝のために部屋に戻ると、いつも従神官が不寝番を務めて座っている場所に、クロがいた。クロは、自分も不寝番の当番に加わったという。

エテルは寝台の前でクロを睨んだ。これを許したら、四日に一度は一晩中クロがいることになってしまう。

「不寝番は従神官の仕事だ。守護獣の役目ではない」

「でも、アヴさんは王宮でならやってもいいって……」

首都に帰るまでの道中は、敵襲や不意打ちの危険があるから任せられないが、王宮は警備体制が整っているので、ローテーションに入れてやると言われたのだそうだ。

「ちゃんと、不心得者が現れたら戦えるように、剣の稽古もつけてもらってます。大丈夫です！　ナハルさんも、このくらい剣が扱えるならやってもいいと思うって言ってくれました」

「……」

いつの間に、そんなに従神官たちと打ち解けたのだろう。クロはナハルに剣術を、ヨムに体術を、アヴに読み書きを教わっているらしい。

こちらの困惑をよそに、クロは顔を輝かせて言う。

「ここにいる間は当番に組み込んでやるって、王宮に着いてからアヴさんがそう言ってくれて……」

クロが急に顔を上げるようになったのは、そういう理由だったのだ。

――確かに、なにがしかの役目を与えてやれば前向きにはなるだろうが……。

どこかで、罪悪感で落ち込んでいるクロの気持ちを持ち直させてやらなければと思ったのだろう。

神殿には、エテルのための従神官があと七人いる。力量差もあるから、戻ったらクロの出る幕はないはずだ。人手の手薄なこの場所でしか、手伝わせることはできない。

アヴの考えがわかって、エテルも却下できなくなった。何よりも、役目をもらって嬉々《きき》としているクロに厳しい態度が保てない。

仕方なしに、エテルはため息をついて不寝番を許可した。

「邪魔はするなよ」

「はい！　ごゆっくりお寝《やす》みください！」

元気のよい返事に、あまり休める気がしない。エテルは眉根を寄せたままクロの前を通り過ぎ、寝台に入った。

薄布を下ろし、クロの姿が見えないように背中を向けてみるが、寝返りを打つと、胡坐《あぐら》をかいて寝台の前に陣取っているクロのシルエットが視界に入る。

――……。

寝台のある場所は、部屋の床から数段高く作られていて、床にも階段の両脇にも燭台が置かれている。蠟燭は一晩中灯されていて、黒い大理石の床に黄金色の輝きが揺らめいていた。

部屋の外には王宮の警備兵がいるし、続きの間には宮女たちが控えている。王宮内での不寝番は、ほぼ形式だけのものだ。だからアヴも未熟なクロに当番を許したのだと思う。

それでも、クロがいつの間にか、従神官たちに仕事を分けてもらえるほど溶け込んでいることが驚きだった。

──彼らが、受け入れるとは思わなかった……。

神に選ばれた者しかなれない神官同様、神官に仕える従神官も、頭脳や剣技に優れた者しか就けない職だ。それだけに、従神官は元来プライドが高い。

神殿には神殿の領地を守る神殿兵や下働きも数多くいるが、身分の差は歴然としており、高位の従神官たちは、下の者に口も利かなかったりするくらいだ。

それぞれの神官にも幾人か従神官がいる。主神官に仕える者は従神官たちの頂点という立場だ。熾烈な競争を勝ち抜いてきた猛者ばかりで、横の結束も固い。

実際、前の守護獣だったヴァトネは、従神官たちの輪には入れていなかった。

エテルも、それは当たり前だと思っていた。守護獣はロークだから異種族だし、本人の意思に関係なく奉納される。それに比べると、従神官は自ら志願してなるものだから、奉職に対しての思い入れが違うのだ。

そのうえ、ヴァトネは身分をわきまえた守護獣で、常に自分に付き従っていた。その分、神殿の誰とも個人的な繋がりはなかったと思う。エテルはむしろ、見知らぬ神殿に一人放り込まれたヴァトネが孤独を感じてはいないだろうかと、密かに心配していたぐらいだ。

──だから、他所の神殿の守護獣とも引き合わせてみたのだが……。

気遣ったつもりだったが、ヴァトネにとって嬉しいことだったかどうかはわからない。どの神殿の守護獣も、自分の主の傍にぴったりと付いていたので、あまり交流している感じではなかった。そもそも、守護獣同士で仲良くなるということ自体、難しいのかもしれない。

——形態も異なるから、無理からぬことではあるが……。

ロークは、集団によってどの獣の姿を取るかが異なる。クロのいた集落は狼の姿を取るが、シャマシュ神殿の守護獣のようにユキヒョウの姿を取るロークもいるし、大鷲や獅子、珍しいところでは兎《うさぎ》の姿を取る守護獣もいる。

ロークは、同族同士で婚姻してしまうと半獣ではなく獣の姿しか取れなくなる。そのため伴侶には必ず人間を選ぶので、集団内で婚姻しない。同じ理由で、他所の集団とも関わらないのかもしれない。

結局、ヴァトネに友人を作ってやることはできなかった。

——ヴァトネの時も、本当は従神官と交流させればよかったのか？

自分の采配が至らなくて、ヴァトネに寂しい思いをさせたのではないかと思うと、後悔が残る。

——だが、クロは……。

この守護獣なら、神殿でものびのびと生きていけるのではないかという気がする。そう思って下げられた幕の向こうへ目をやると、小柄な影はこっくりこっくりと大舟を漕《こ》いでいた。

「……」

前につんのめりそうになって、はっとしたように頭を上げるが、次は左右に揺れる。影しか見えないけれど、夢うつつのクロの顔が思い浮かぶようだ。エテルは呆れてため息をつきながら、起き上がって幕をめくった。

案の定、完全に爆睡している。

「……番犬の役にも立たぬな」

小さく罵倒してみたが、クロは目も覚まさない。エテルは静かに寝台に腰掛け、クロと向き合った。

「……」

クロの頬に、蠟燭の灯りが反射している。

猛者ぞろいの従神官たちに比べれば小柄だが、人間の姿の時のクロはそこそこしっかりした身体をしている。獣態の時も、仔犬のようではあるが、脚の太さからするとまだまだ成長するはずだ。

灯りに浮かぶ頬の擦り傷、ゆるんで開かれた指にできている血豆……。

――ナハルとヨムが鍛錬しているのだ、相応にしごかれているのだろう。

疲れて睡魔に負けるのも無理はない。

《置いていかないでください》

クロが、両手を広げて随身を訴えた時の声が甦る。

なぜあの声に立ち止まったのか、自分でもわからなかった。

ただその時、一人だけ王宮に取り残されるクロの姿が脳裏に浮かんだ。

神殿に捧げられたのに、神殿の人間はどこにもおらず、王宮にいても王宮の所属ではない。寄る辺ない立場が、どこかで自分の味わった境遇に似通っている気がしたのかもしれない。

「お前を要らないというわけではないのだ」

言えなかった言い訳を、小さく呟く。

あの時、〝そんなに自分は不要なのか〟と問うてきたクロに心が痛んだ。守護獣として受けておきながら、使ってやらなかったら本人は傷つくだろう。

――だが……。

わかってはいるけれど、ヴァトネの時のことを思うと受け入れられなかった。まだ、二度と守護獣を持ちたくないという気持ちが抜けない。

守ってやれず、死なせてしまった。あんなにもあっけなく、永遠に会えなくなるのだ。それも、自分の力の至らなさのせいで……。

――あんな思いは二度としたくない。

失う辛さを味わうくらいなら、もう誰も傍に置くまいと思った。形式上、守護獣を受けないわけにはいかなかったけれど、それでも戦場になど絶対出すつもりはない。

情も移したくない。だから話しかけたりもしたくない。

――そう思っていたのに……。

結局、できていない。

クロはこちらの拒絶などおかまいなしに突き進んでくる。あのまっすぐな空色の瞳を無視しきれない。

――一生、己の守護獣を遠ざけるのは、やはり無理なのだろうな。

エテルはため息をこぼした。

理屈ではわかっているものの、だからといって、前の守護獣と同じように接することはできない。

――私のせいで、寂しい想いをさせるだろうか。

守護獣は、従神官たちのように仲間がいるわけではない。主従一対の関係なのだ。自分が拒んだら、守護獣は孤立してしまう。

それが懸念事項だった。実際にクロを受け取るまで、ずっとこのことが心に重かったのだ。だが、クロなら大丈夫なのかもしれない。

従神官たちにも溶け込めるほどだ。クロはどんな環境に連れてこられても、自分の力で運命や環境のほうを変えていけるのだろう。

――きっと、クロは放っておいても大丈夫なのだ。

そう思うと、少し心が楽になる。

神殿に戻っても、このまま本人の好きなように生きていってもらえれば、自分は関わらなくて済む。これ以上近づかれたら困るけれど、ここまでの関係なら、なんとかなるかもしれない。

それに、部屋にもふもふの毛並みが見えるのは、そんなに悪くない。

――そういえばこいつは年中、耳だの尻尾だのを出しているな。

ロークの生態をよく知るわけではないが、いつもこんな風に中途半端な姿をするとは聞いていない。だが今も、頭と一緒に大きめの耳が垂れて、黒く艶やかな尻尾が床にふさっと出ている。

「……」

呼吸と一緒に微かに動く尾。炎を照らして艶めく漆黒の毛並み……。

――儀式で抱き上げた時も、なめらかな感触だった。

日中の暑さが嘘《うそ》のように、カルデアの夜は冷える。エテルはクロの尻尾が温かそうに見えて、ふいに手を伸ばした。

しっとりとなめらかな毛並みからクロの体温が伝わってきて、ほんわりと温かい。

心地よい感触に指を滑らせ、そしてはっと気が付いた時には、ぱっちりと目を開けたクロと見つめ合ってしまった。

しまった、と心のなかだけで焦る。

——起きていたのか。

「……」

今のは誤魔化《ごまか》せないだろう。撫で回していたのはばれたはずだ。クロは、それまで爆睡していたくせに、目をキラキラ輝かせて見つめてくる。

——尻尾をパタパタやるんじゃない！

手を引っ込めたものの、エテルは言葉に詰まってうまい言い訳が出なかった。そのまま何事もなかったふりをして逃げ切ろうとしたのに、クロは期待に満ちた眼差しで追ってくる。

「……手を暖めただけだ」

夜は冷える……と、我ながら出来の悪い理由を口にして早々に寝直そうとすると、クロはシュタッと寝台の足元のほうへと飛び乗ってきた。

「何を……」

「じゃあ俺、あっためます！」

尻尾はぶんぶんと上掛けを叩いている。クロは屈託のない笑顔を向けてくる。

「うちでは、寝る時みんなくっついて寝てました！　そうすると、冬でもあったかいんです」

艶やかな尾の毛並みが、ふわっと手の甲を覆い、やめろと止める間もない。

「本当だ。エテル様、手が冷たいですね」

――……う。

触るなという言葉が出なかった。先に触れていたのはこちらなのだ。そして、スリスリと甲を撫でていくクロの毛並みは、不本意だが心地よい。

「ずっとあっためてますから、どうぞぐっすりお寝みください」

どう断るべきか、顔をしかめながらだいぶ考えてみたけれど言葉にはならなかった。

「温石《あんか》だと思ってください！」

クロは、〝さあさあ、どうぞ……〟と上掛けを持ち上げ、寝かせようとしてくる。エテルは表情で拒んでみたものの、意に介さない笑顔のクロに押し切られてしまった。

「……私が眠ったら、台から降りろ」

「はい！」

眠りにつくまで……そう自分に念押しをしながら、エテルは温かな毛並みに手を包まれて、眠りに引き込まれていった。

誰かの身体が生む、息遣いのある温かさ。

心地よい温《ぬく》もりに、エテルは夢も見ないほど深く眠って翌朝を迎えた。

翌日の夜、エテルの寝室は意外な騒がしさを帯びた。

当たり前のような顔をして床に鎮座しているクロに、今夜の不寝番を務める予定だったアヴが怪《け》訝《げん》な顔をする。

「お前は昨夜の番だっただろ」

「エテル様をあっためる役なんで、不寝番とは別です」

アヴの表情が、形容しがたい動きになった。驚くのと怒るのが同時に起きたようだ。

「な…っ……んだと……？」

「エテル様の手足は冷たいから、あっためないと、よく眠れないと思うんで」

言葉がまとまらなくて息を詰まらせているアヴを前に、クロは平然と寝台に飛び乗る。エテルは、アヴの珍しい様子を興味深く見ていた。

――冷静な男だと思っていたが……。

アヴは秘書官も兼ねている。武技もそこそこの腕前だが、どちらかというと頭脳派だ。どんな時も主の前では礼儀を崩さなかったのだが、今はすっかりクロのペースに掻き回されて地が出ている。

「寝台に乗るな！　エテル様のご寝所だぞ！」

「昨日も乗りました！　エテル様もいいっておっしゃいましたっ！」

「な……にっ！　お、お前、なんてことを……」

すでに実行済みであることに、アヴが目を剝いている。クロを寝台から摘まみ出そうと追いかけ、クロが尻尾を振りながらひらりとそれを躱す。

「待て貴様っ！　不寝番はどうした！」

「それは従神官の役目で、守護獣の役目じゃないって、エテル様もおっしゃったもん」

だから俺はあったためる役をやると言い張る。

――いい加減な解釈をしおって……。

都合よくこちらの発言を理由にしながら、クロはこれから毎晩やると主張した。

「不寝番じゃないんだから出ていけ！」

「俺は守護獣なんだから、エテル様のお傍にいるのは全然おかしくないですっ」

「てめー、俺の善意を仇《あだ》で返す気か！」

追いかけ回すアヴと軽々と身を翻すクロに、エテルが制止をかける。アヴの取り乱した姿は珍しくて興味深いが、このままずっと部屋で暴れられては迷惑だ。

「煩《うるさ》い」

ひと声発すると、二人とも我に返って、ぴたりと止まったまま主君を見る。

「道中ならともかく、警護が万全な王宮で不寝番は不要だ。今後は要らぬ」

「し……しかし」

「肩ももう問題ない。そろそろ神殿に帰る準備もせねばならぬのだ。そなたたちも忙しくなるだろう」

「……は」

自室に帰れ、と言外に命じられたアヴは、少し情けない顔をした。エテルは、目を見開いているクロを見ながらそっけなく言う。

「守護獣を番犬代わりに置いておけば、安全対策には充分だ」

空色の瞳がキラキラに輝いている。

――仕方がない。

あくまでも番犬なのだ。それで、番犬がたまに足元で眠っても、それは仕方がないことなのだ。

五　ニヌルタ神殿

「おかわり！」

「お前、何杯めだ……」

クロは従神官たちと一緒のテーブルで夕食をもらっていた。呆れた顔をするアヴを横目に、クロは配膳係のほうへ器を持っていく。

神殿の厨房《ちゅうぼう》を切り盛りしている下男たちが、ヤマウズラの煮込みをたっぷりとよそってくれる。牛乳とサワークリームで煮込んだそれは、ニンニクと玉ねぎのうま味が効いていて、何杯でも腹に入った。クロはおかわりを持ち帰りながら、牛肉の丸焼きも手に取る。

「ちっこいくせに、よくそんなに食えるな」

「だって、腹が減るんだもん」

クロたちは、エテルに付き従って北部のニヌルタ神殿に戻っていた。もちろん、戻る道中も神殿に来てからも、暇さえあれば従神官たちに稽古をつけてもらっている。

「まあいいじゃないか。育ち盛りなんだから、好きなだけ食えばいい」

分厚い胸板が目立つヨムが、長い三つ編みを揺らして笑う。ほかの従神官たちも、豪快に麦酒《ビール》を呷《あお》りながらそうだそうだと同意した。

「俺も、クロくらいの頃は腹に穴でも開いてるのかと思うほど、底なしに食ってたな」

「お前は今でもそうだろ」

「違いない」

がはは、と骨付き肉を片手に、別の従神官もからかう。クロはむしゃむしゃと肉を齧《かじ》りながら、腕っぷしの強いエテル直属の従神官たちを見た。

――みんな、カッコいいよな。

十人いる従神官たちは鍛え上げ、引き締まった肉体を持っている。従神官の装束は上半身がほぼ裸なので、その絞られた筋肉を惜しげもなく披露できる形をしている。だが、さらに下穿きにスリットを入れて大臀筋《だいでんきん》をチラ見せする者や、引き締まった腰からなめらかに盛り上がる尻が引き立つよう、やや浅穿きにしている者もいる。全員、筋肉自慢だ。

食事室に設《しつら》えられた横に長いテーブルの上には、ひよこ豆とレンズ豆、牛肉をコリアンダーとクミンで煮込んだスープ、焼き魚、羊の香草焼き、パン《クサーブ》、柘榴やデーツ、壺入りの麦酒が山と盛られている。毎食毎食、テーブルいっぱいの料理が彼らの胃袋に消えていった。

あの体格になるためには、それだけ食べなければならないのだ。クロは理想の身体を目指して、もりもりと食べた。実際に、次の食事まで待ちきれないほど腹が減るという事情もある。

「食いすぎて腹を壊すなよ」

アヴと反対隣にいるナハルが、大きな麦酒の杯を片手に案じてくれる。クロは柘榴水でパンを流し込みながら鼻息を荒くする。

「俺はナハルさんみたいになりたいから、おんなじくらい食べるんだ」

アヴには、お前はバカかと笑っていなされてしまった。

「飯を食ったくらいで、この体格になれるわけないだろうが」

「なる！　絶対！」

——同じくらいにならなきゃ、エテル様を抱っこできない。

「だって……」

王宮の沐浴場で見た光景が忘れられない。

ジャスミンのいい匂いがする水面に、エテルを横抱きにしたナハルが入っていく。濡れた聖衣を脱がす手も、露わになっていくエテルの肢体も、何もかもがドキドキした。

思い出して顔を赤くしていたら、察しをつけたのか、ナハルが小声で囁く。

「理由はアレか……」

「アレです」

コクリと頷き、鼻血が出そうでした……と、骨付き肉で口元を隠しながらコソコソ話す。普段は無骨な剣士然としているナハルも、苦笑しながらこっそりと白状してくれた。

「実はな、俺もだ」

――ですよね。

無言の会話は、目が言葉以上に雄弁になる。二人とも目線だけで頷き合い、あのめくるめく思い出を確かめ合った。

水も滴るエテルの裸体を見て、平気な男なんかいないだろう。

「奴らには言うなよ、殺されるぞ」

――もちろんです。

クロは、男同士の秘密を抱えて重々しく頷く。あんな貴重な光景を、ほかの従神官たちに知られたら大変なことになる。

イシュタル神殿のスモル主神官が指摘したとおり、ここの神殿の従神官たちはエテルに心酔している。

――そりゃあ、王様の次に強い主神官だし、当たり前といえば当たり前なんだけど。

加えてあの神秘性だ。神の化身とも崇《あが》める一派がいるのは無理もない。けれど、彼らと寝食をともにするようになって、クロにはそれだけではないのだとわかった。

たぶん、エテルの従神官たちは、エテルに漢《おとこ》として惚《ほ》れ抜いているのだ。全員、エテルに認められたくて、エテルの一番の従者になりたくて、常に剣の腕を磨き、研鑽《けんさん》を欠かさない。

そういう事情を知ると、クロはエテルの寝室で温石代わりを務めていることなど、絶対に漏らせないと思ってしまう。

――知った時のアヴさんは、すごい顔してたもんな……。

アヴの動揺も、神殿に来てほかの従神官たちと関わるようになったらよくわかった。

彼ら従神官の生涯最大の望みは、エテルに「よくやった」と微笑んでお褒めに与《あずか》ることなのだ。あの厳かな貌《かお》が笑みに変わるところを見られるのなら、死んでもいいと本気で言っている。

——毎晩寝顔を見させてもらってるなんて言ったら、きっとボコボコにされるよな。

貴人の寝台には幾重もの幕がかけられている。どんな不寝番も、普通は寝台の外で控えているものだし、沐浴の世話は女たちの仕事だ。ナハルだって、エテルがあんな怪我をしなかったら、その身体に触れることなど一生なかっただろうと言っていた。

王宮での出来事は、特例中の特例なのだ。

——でも、もしかして、また何かの機会があったら……。

その時までに、自分の身体を大きくしておいたら、今度は自分がエテルを抱きかかえる役になれるかもしれない。そう思うと、がむしゃらに食べておきたくなる。

邪心を読まれたのか、隣でナハルが面白そうに笑った。

「食い終わったら、腹ごなしにひと稽古するか？」

「はい！　お願いします！」

クロは急いで肉汁を掻き込み、剣を握って稽古場へ駆けだした。

朝起きて勉強を教わり、すごく後ろのほうでエテルに随身し、稽古をして、腹いっぱい昼食を掻き込み、また稽古をして目いっぱい夕食を掻き込む。クロの毎日はこの繰り返しだった。そして、月が天空高く輝く頃、眠りに落ちるエテルの傍に控える。

エテルは、あまりいい顔はしないものの、神殿に戻ってからも部屋から追い出さないでくれた。クロもちゃっかり〝当たり前〟という顔をして毎晩寝台に潜り込んでいる。

「おやすみなさい、エテル様」

「……」

足元のほうからちらりとエテルを見るけれど、エテルはいつもそっけなく横になって目を瞑《つむ》るだけだ。だからクロは、獣態になって足元のほうに蹲り、恐れ多いが尻尾をエテルの手のほうへ向ける。前足をエテルの足先に乗せ、ふっさりと長い尻尾をまっすぐ伸ばせば、足と手の両方を温められる。

「……」

——ちょっと、身長伸びたかな。

伸びたかどうかは、エテルが基準だ。少しずつ、身体を無理に伸ばさなくてもエテルの足と手を覆えるようになってきて、自分の身体がちゃんと成長しているのがわかる。

「……」

エテルのすんなりとした長い指先が、無意識に尻尾の毛並みに触れている。クロはそれで、自分の主が眠りについたことを確認する。

エテルは、起きている間は絶対自分から触ってこない。けれど、眠るとその手が自然に毛並みを撫でてくれるのだ。クロはそのたびに、エテルが心の奥では自分を許容してくれている気がしていた。

何も話しかけてはもらえないけれど、きっと自分はここにいてもいいんだと思っている。

★新連載 多賀タイラ センターカラー
★初登場&読みきり 今井ゆうみ
TVドラマ
「僕らの食卓」
BS-TBSにて
大好評放送中!!
★最終話 ヨルノラテ
★待望の新連載 巻頭カラー
一樹らい
ルチルレーベル連動
書き下ろし&描き下ろし
小冊子応募者全員サービス実施!!
★大好評連載陣
山本小鉄子
テクノサマタ
葉芝真己
山田ユギ
あきちはや
吹山りこ
芥／牧コチコ
ARUKU
あずみ京平
カスカベアキラ
秋葉東子
縞ほっけ
富士山ひょうた
麻々原絵里依
三池ろむこ
ZIYO
山葵マグロ
平喜多ゆや
如月弘鷹
◉表紙 三田織
◉ピンナップ もちぱむ ★初登場
ルチル
Boy's Cute and Sweet Magazine
Rutile
2023年
7月号
予価840円
5月22日(月)発売!!
◆奇数月22日発売◆隔月刊
(応募者負担あり)
表紙イラストQUOカード応募者全員サービス
最新情報はこちら→ ［ルチルポータルサイト］
https://rutile-official.jp

webマンガサイト
https://comic-boost.com
COMIC ブースト powered by デンシバーズ
毎週 火曜・金曜 更新!
公式サイトはコチラ!
5月24日発売新刊コミックス!
蓬餅
名前のつけられない感情を込めて、ふたりは今日も音楽を奏でる。
LINEマンガ発、大人気青春ドラマ ①・②巻同時発売!
バーズコミックス●B6判●定価各748円
「百合にはさまる男は死ねばいい!?」①・②
原作 天晴にこ
作画 斎藤 岬
異世界トリップ★ドタバタファンタジー!!
バーズコミックス●B6判●定価737円
「元奴隷ですが、鬼の奴隷を買ってみたら精力が強すぎるので捨てたい……」④
冒険者として活動を始めたソラと執着系奴隷リアム、ついにHな展開に突入!?

LYNX COLLECTION

バーズコミックス リンクスコレクション

●B6判

2023年 5/24 発売!!

となりの芝生

「なんでも受け入れてしまう」恋人をどこまで許せるのか…？

大槻ミウ

バンドをやっている一心の悩みは恋人のイツカが「なんでも受け入れてしまう」性格のために、余計な男も近づけさせてしまうことで…。

●本体価格770円＋税

◎幻冬舎および幻冬舎コミックスの刊行物は、最寄りの書店よりご注文いただくか、幻冬舎営業局（03－5411－6222）までお問い合わせください。

深月ハルカ
俺、エテル様をお守りできる
立派な守護獣になりたいです…！
半獣の民で黒狼のクロは、戦いの神を祀る神殿の
主神官・エテルの守護獣に選ばれる。
しかしエテルはクロにまったく
関心がないようで…？
ill.れの子
●本体価格900円＋税
主神官様へ、守護獣より愛をこめて

――エテル様……。

美しい寝顔を足元側から見ながら、主が安らかな休息に入れたことに喜びを噛み締める。そして、そこから地道に、今度は自分の幸せのために、少しずつ身体を移動させた。

――そーっと……そーっとね。

毎日少しずつ、エテルに気付かれないように、身体を置く位置をずり上げている。なんとかして寝返りを打った拍子に、自分の身体を枕代わりにしてもらえないかと企《たくら》んでいるのだ。

理想は、自分の腹にエテルが頭を乗せてくれるポジションだ。尻尾で手を温めながら、冷えやすい肩と首も、毛皮で包んで差し上げられる。

今のところ、数か月がかりで、地道に尻尾の先が片方の肩に届くくらいになった。これは、位置をずり上げただけでなく、自分の身長が伸びていることも大きく作用している。

「……」

たまに、こんな努力を続ける自分を、おかしいと思う。でも、もし枕代わりに頭をもたせかけてもらえたら、エテルの寝息を肌で感じることができるのではないかと思うのだ。

それを考えるだけで、背中から腰の辺りがゾクゾクする。

――俺、変態なのかな。

どうしてそんなことを望んでしまうのかわからない。でもそんな野望も、エテルに微笑みかけてもらおうと一生懸命な従神官たちと、それほど変わらないのではないかと思っている。

――俺だって、エテル様に見つめられたらドキドキするもん。

王宮での儀式の時の、あの眼差しは胸に焼き付いている。

夢のなかにいるエテルが、無意識に尻尾の毛並みに指を埋《うず》めた。クロはその感触に胸を疼《うず》かせ、そして疲労と満腹感に勝てず、自分も深い眠りに落ちた。


神殿に来て、三か月が経った。

北の要塞、ニヌルタ神殿は国境として連なる山脈の一角にある。山肌の崖に建てられた、石造りの横に長い神殿だ。街の人々は、夜になると神殿中に灯された明かりで煌々《こうこう》と輝く建物を仰ぎ見ている。

街側にせり出した先端には神像が祀られており、そこから柱がずらりと並ぶ長い回廊が続く。

神官たちは毎日、朝と夕暮れに神々に祈りを捧げる。クロは、エテルには何も言われていないけれど、毎日礼拝に参加した。

朝陽が昇る時刻に、聖堂の入り口の両脇に、ずらりと神官が並ぶ。

神殿の大きさにもよるらしいのだが、比較的規模の大きいニヌルタ神殿には、十人の神官がいた。その上に主神官のエテルがいる。

エテルに付き従い、護衛や秘書を務める従神官が十人。神官たち一人につき、一人から九人までの従神官を抱えている。神殿兵を除いても百人近い人数だ。全員白い聖衣を纏い、恭しく胸に手を当てている。

エテルはその間を進み、聖堂に入った。クロは、従神官たちと一緒に神官の後ろに付いていく。

神殿の正面奥には神像が座している。その両脇には高窓が並んでいて、広い聖堂に朝陽と夕陽が差し込むように設計されていた。クロにとっては他部族の神なのであまりよくわからないのだけれど、聖堂の荘厳な感じは好きだ。

――それに、エテル様のお姿もカッコいいし……。

主神官だけが、白い聖冠を被っている。筒状で、後頭部に行くほど高くなっている形だ。エテルは普段あまり装飾品を身に着けないが、礼拝の時はきちんと両耳に金の長い飾りを垂らし、腕にも足首にも金細工を嵌《は》めている。本当はそういう身支度をするところも見たいのだが、だいたい朝起きた時点で、部屋からは出るように目で示されてしまう。

――手伝うこととか、ないしなあ……。

守護獣として使わない、と下賜された時にはっきり言われている。前回は無理やり付いていってしまったけれど、怪我をさせてしまった負い目もあって、国境視察程度でもまだ自分から〝付いていきたい〟とは言い出せない。

早く、堂々と随従を申し出られるほどの実力になりたいと思ってはいる。一生懸命鍛錬しているけれど、そんなに簡単に成果は出ない。

――背は、伸びてきてると思うんだけど。

時々膝が痛くなる。ナハルに聞いたら、それは成長痛というらしい。大きくなっている証拠と言われてすごく嬉しいのだが、大きくなったところで、それを公式に披露する場はない。

――エテル様……呼んでくださらないかなあ……。

もし視線をもらったらすぐ駆けつけられるように、礼拝でも常に従神官たちの列から横にはみ出した位置で準備している。時々アヴに目で怒られて列に戻るけれど、また少しずつ横に移動している。けれど、今のところ呼ばれたことはない。

――夜は……手をあっためるとか、してるけど。

それだって、実はこちらが押しかけでやっているのだという自覚はある。エテルがそうしてくれと言ったわけではないし、公式な守護獣の役目というわけでもない。

――アヴさんたちはいいなあ。

隣にずらりと並んでいる従神官たちは、それぞれ与えられた専門の役割を持っている。いざとなれば全員戦いに出られるほどの武術を身につけているけれど、それ以外にも、書記や、アヴのような秘書業務、馬の管理など、〝自分だけの役割〟があるのだ。

――俺も、そういうのがほしい。

前の守護獣は何をしていたのだろう。クロは気になり始めて、礼拝のあと、アヴに勉強を教わる時に聞いてみた。

「よせよせ。前任者のことなんか、探ってもいいことは一つも出てこないぞ」

「なんでですか」

頼んでもアヴは教えてくれない。そんなことをするより、一つでも多く文字を覚えたほうがいいと言われてしまう。

「だって、前の人が何してたかわからないと、俺もがんばりようがないじゃないですか」

「お前は、お前なりにやればいいんだよ」

「なんではぐらかすんですか」

「……」

アヴが思案気な顔で黙る。

「じゃあいいです。ご指導、ありがとうございました」

石板を元に戻して、クロはぺこりと頭を下げた。

——教えてくれないなら、ほかの人に聞くからいいですよ。

心のなかで、ちょっと不《ふ》貞《て》腐《くさ》れてみる。

勉強の時間が終わると、午後の稽古まで時間があった。従神官たちはそれぞれの仕事で忙しいので、彼らの鍛錬の時間に混ぜてもらわないと稽古はつけてもらえないのだ。

いつもなら自主的に走ったり剣を振ったりしているが、クロは話を聞けそうな人を探して神殿をうろついた。

——神官様なら、教えてくださるかな。

従神官より立場の高い人たちだ。聖堂で見かけて少し周りをうろうろしてみたけれど、どの人も気位が高そうで、さすがに軽く声をかけられない。

「……なかなか、難しいな」

不発のまま聖堂の回廊で腰掛ける。ここは無数の列柱が続いているが、片側は壁がなく吹き抜けで、その縁に腰掛けると、崖の上に座っているかのように風を受けるので気持ちいいのだ。

ぷらぷらと足を揺らしていると、背後から声がした。

「そんなところに座っては、危ないですよ」

「……神官様」

この神殿で、一番高齢の神官だ。たるんだ皺が柔和な印象で、クロはさっと立ち上がって礼を取り、老神官に尋ねてみる。

「あの……実は神官様にお伺いしたいことがあるんです」

――この神官様なら教えてくれるかも。

「俺、エテル様の守護獣として、ちゃんとお役目を果たしたくて……それで、前の守護獣はどういうことをしていたのか、教えていただけないでしょうか」

「ほうほう……感心なことですね」

期待を込めて見つめる。老神官はゆったりと微笑んで話してくれた。

「ヴァトネも、今のあなたと同じように、常にエテル様のお傍にいましたよ」

だから、ちゃんと役目は果たせていると励ましてくれる。

――そうかなあ。

どうも違う気がする。

「もちろん、まだあなたは小さいのですから、騎乗は無理でしょう。だからエテル様も視察や戦場にはお連れにならないのでしょうね」

――騎乗……。

エテルを乗せて走ったということだろうか。老神官は肩を叩いて焦らなくていいと諭した。

「大丈夫、あなたが大きくなれば、おのずとエテル様も重用なさるでしょう」

――でも、そんなのいつになるか……。

気長な気持ちにはとてもなれない。〝いつか〟ではなく、今できる役目がほしいのだ。

クロは老神官に丁寧に礼を言い、それから目につく人を片っ端からつかまえて、ヴァトネについて尋ねて回った。

「ヴァトネ様のことですか……そうですねえ」

書庫を掃除していた神殿の下男をつかまえて、クロは聞き込みを繰り返した。神殿勤めが長い下男たちは、けっこういろいろなことを知っていて、ヴァトネはエテルの信頼が篤《あつ》い守護獣だったのだと教えてくれる。

――それに、きっと体格も俺よりずっと大きい。

アヴが話してくれなかった理由がわかるような気がした。もし教えてもらっても、自分との差に落ち込んだと思う。

――でも、知りたい。

「そうそう、絵姿が残っていますよ」

「え、本当？」

「はい。エテル様がご着任なさった最初の年の、奉納祭のものです」

確かこの辺にあるはず……と資料庫の奥に連れていってくれる。彼は神殿を掃き清めるのが仕事だから、どの部屋のこともよく知っていた。

「これです」

壺や燭台のさらに奥に、大きな浮彫版《レリーフ》が押し込められていた。わざわざ、絵の部分が見えないように、壁側にひっくり返して立てかけてある。

埃を払って見せてもらうと、そこには主神官の正装をしたエテルが、獣態の守護獣を従えている。二人は聖堂に立ち、その下では人々が手を挙げて喝采していた。

「奉納祭は、一年の収穫を神に感謝する、一番華やかなお祭りですからね」

この神殿の領地に住む者たちが、収穫物を奉納しに来る。特に、エテルは最年少で主神官になったので、この年はひと目姿を見ようと大勢の人たちが参拝したのだと教えてくれた。

「三年前のことです。当時エテル様は十七歳でいらしたし……そうそう、確かヴァトネ様も同じ十七歳だったはずですよ」

初々しい主神官と守護獣だったのだと下男は言う。

クロは、その姿に見入った。エテルの手が、守護獣の首に触れている。

それがすごく羨ましい。

――でも、エテル様はこのレリーフを飾らないんだ。

わざわざ裏返しにしてしまってあることが、触れてはいけないことなのだと思わせる。

「教えてくれて、ありがとう……」

クロは下男に礼を言って、レリーフをそっと元に戻した。

本当はもっといろいろ知りたいけれど、エテルがしまっておきたいことを勝手に掘り起こすのはいけない気がして、クロは聞き回るのをやめた。

それからは鍛錬に専念したけれど、でも、あの奉納祭のことは忘れられない。

――神殿以外の人も来る行事だから、お傍に呼んでもらえるかな。

レリーフにあるとおり、守護獣を従えた姿で人々の前に出るのかもしれない。そう思うと期待が高まる。それに、奉納祭はもうすぐなのだ。

そして当日が来た。

クロは従神官たちの前に陣取り、エテルが振り返らないかとずっと見つめて待つ。

――振り向いた！

一瞬、エテルが自分のほうを見た。けれどそれで呼ばれることはなく、エテルは微かに眉根を寄せてすっと前を向いてしまう。

――エテル様……。

祭りは賑々《にぎにぎ》しく続いているのに、クロの耳には、遠く響くだけだ。

そして奉納に来ていた人たちは晴れがましい顔で帰途についた。祭りが終わると、神殿の人々も忙しくそれぞれの持ち場に戻っていく。

黄金色の夕陽が山端に沈んだ。

――呼んでもらえなかった。

振り向いてもらった時、呼ばれるのではないかと期待した。エテルの目も、少し迷っていたような気さえする。

――でも、眉間に皺が寄ってた……。

怒っていたわけではないと思う。むしろ、振り向いたことを後悔するような、そんな表情に思えた。本当は呼ぶつもりでいてくれたのかもしれないとか、段取りになかったから止めたのかもしれないとか、理由をあれこれ考えてはみるけれど、がっかりした気持ちは隠せない。一人でぽつんと聖堂に残っていたら、アヴが探しに来た。

「なんだ、こんなところにいたのか」

飯だぞと言われるけれど、泣きそうで返事ができない。

「どうした？」

答えないでいたら、アヴは神像に供えられた果物や小麦の高坏《たかつき》から、供饌《ぐせん》菓子を一つ摘まんで手のひらに乗せてくれる。

「ほら、食え」

「……いいんですか」

アヴは笑って片目を瞑る。

「神様からのご褒美だ」

ごま油で焼いた香ばしい菓子は、齧るとはちみつとデーツの甘さが広がる。いつもなら甘いお菓子は大喜びで頬張るけれど、今日は笑えない。

「元気だせよ」

「はい」

ぽんぽん、と頭を撫でられて、クロは無理やり頷いた。

――アヴさんの言うとおりなんだ。

ヴァトネと自分は別だ。比べても、いいことは一つもない。

――俺は俺なんだから。

そう、自分に言い聞かせる。けれど、心のなかでは飢えのようなものが渦巻いていた。

いつまで経ってもエテルに手が届かない。儀式の時のように自分を見てほしいのに、周りをウロウロするだけでは、かまってはもらえない。

――あの手は尻尾を触ってくれるのに……。

起きている時のエテルは、にべもない表情だ。手を伸ばすとそこに見えない壁がある。その向こうにいるエテルに触れたい。

――もう少しで届くのに……。

物理的にはほんの少しの距離なのに、触れたくて触れられないもどかしさが、心を焦らせる。

どうやったら〝あと少し〟の先にある、見えない壁を破れるだろう。

クロは、なかなかエテルに近づけない分、稽古に意識を向けた。

がむしゃらに稽古をしている間は悩まなくて済むし、このままずっとエテルに近づけないのではないかという不安を忘れさせてくれる。それに、従神官たちにつけてもらう稽古は楽しい。

聖堂へ続く回廊の片側は吹き抜けだが、山側には、執務を行う部屋や神官たちの部屋が並んでいる。そしてその回廊の最も奥に、炊事場や浴場など生活に必要な場所が固まっていた。

従神官や神殿兵などが暮らしているのは、この奥の建物だ。クロもここに部屋をもらっている。けれど、神殿に来て以来、その部屋にいたことはほとんどない。起きている間は、たとえ後ろのほうであってもエテルに随従しているか、稽古をしているからだ。

「おーし、今日はこのくらいで上がるか」

「ウオォーン！」

剣を持った訓練もしているけれど、獣態で従神官たちから武器を奪ったりする訓練もしている。お礼に吠えると、ヨムが三つ編みを振り回して豪快に笑った。

「だいぶ一丁前になったなあ」

ばふん、と毛並みに太い手が沈められ、肩をバンバン叩かれるが、ヨムの怪力もへっちゃらだ。一緒に鍛錬しているナハルも、「乗せられるか？」とか「ヨムを運べるか」とかからかってくる。

——そのくらい、全然平気だよ。

乗れ、というように前身を屈めた。

「よーし、じゃあ風呂場まで行けたら、褒美に菓子をやる」

「がんばれよ」

「ウォン！」

だいぶ大きくなったとはいえ、まだ集落にいた兄弟より少し小さい。ヨムが足を地面につかないように曲げておかないといけないくらいだ。

――ウッ……。

思ったよりも重い。

「おい、大丈夫か？」

降りようとするヨムに、クロは首を振って歩き出す。

――ヴァトネはエテル様を乗せてたんだから。

そんな事実を知ってしまった以上、ちゃんと人を乗せられるようになりたい。クロはかなりヨロヨロしながらも、共同浴場までヨムを乗せていく。結局、最後はちょっとヨムが足をついて軽くしてくれたからだけれど、どうにか運ぶことができた。

人の姿に戻って座り込む。

「ぷはーっ、重かったあ」

「よくがんばったなあ」

ぽんぽんとがっしりした手が頭を撫でる。従神官一の大男、ヨムは気がやさしい力持ちだ。お礼に、と言ってヒョイと抱き上げ、湯に放り込んでくれる。

バシャーンと盛大に湯のしぶきが上がった。

「うわっぷ！」

「がはは。一番湯だ、気持ちいいだろ」

従神官以下の、神殿に仕える者たちが使う湯殿は、大の男が軽く二十人以上は入れる大きさだ。

ここは首都よりずっと北にあるので、気温が低い。風呂は地下で薪《まき》が焚《た》かれて温かい湯で入るのだ。もちろん、神官以上は専用の浴室を持っている。

ここは雑多な人々が身を清めるのに使われていた。

守護獣は、地位だけでいうとわりと高い。主神官の従属物なので、従神官たちと同じなのだ。しかも、神殿に捧げられたモノでもあるので、従神官たちは本来、守護獣を敬わなければならない。

けれど、クロはよそよそしく敬われるというより、可愛がられていた。

泥だらけになって稽古をし、風呂で一緒に汚れを落とす。上がったら仲良く食卓を囲む。まるで十一人目の従神官のように扱ってくれる。クロも、それが集落の兄弟たちと暮らしているように思えて楽しかった。

今日の太刀筋はどうだったとか、湯に浸かりながらみんなであれこれと話すのが好きだ。クロはヨムの隣に並び、力こぶを作って比べてみる。

「お？　そんなんで俺に勝とうなんて、十年早いな」

気付いたヨムがこれ見よがしにぐっと力を入れて、筋肉を盛り上げた。

「お、俺だってちょっと大きくなったもん」

「どれどれ」

面白がって、ほかの従神官たちが次々と集まり始め、いつの間にか湯ぶねで腕相撲になる。

「ははは、ほれ、もっと力を入れんかい」

「うぬぬぬぅー」

「ひょろいのう、ポロネギかと思ったぞ」

「くっそー」

顔を真っ赤にして踏ん張るが、あっという間に負けてばしゃんと湯に沈む。そのうち、従神官同士での熱い戦いになった。クロの入る隙など全然ない。

「おーい、いつまで遊んでる！　さっさと上がれ、夕刻の礼拝に間に合わなくなるぞ」

「おお、そうだった」

身を清めたら、食事の前に聖堂での礼拝がある。盛り上がっていた男たちは次々と上がって装束を整えた。すると、浴場のすぐ下のほうにある厨《くりや》からアヴが顔を出す。

「今日のお届け当番は誰だ？」

お届け当番とは、礼拝の前にエテルに清めの果物水をお持ちする役だ。非番の従神官たちはこうして剣の鍛錬に励むが、エテルは部屋にいるので、この時間に風呂は使わない。だが、聖堂に入る前に口内を清めるのに果物水を使うので、それを従神官が部屋に運ぶ。

俺だと答えた従神官は、まだ腰帯を締めていた。クロはアヴのところにすっ飛んでいって申し出た。

「俺、俺が持っていくよ！」

「はあ？」

――これだ！

やりたいやりたいとせがんでみる。もちろん、エテルに仕えることは従神官たちの願いと誇りだ。当然、当番になっている従神官も〝譲るわけないだろ〟という顔をしたけれど、クロは当番の男にも、帯を引っ張って頼み込む。

「一回だけでいいからやらせてよ」

チャンスだと思った。

エテルと関わるのに、従神官のお役目をちょっと手伝わせてもらえば、うまくいくような気がする。

――そうだよ、手をあっためるのだってそうだったんだし。

呼ばれるのを待っていないで、こちらから口実を摑んでもっと話しかけていけばいい。

「お願い！」

クロは手を合わせて頼み込む。相手は困ったなあと眉根を寄せ、アヴを見た。クロはアヴにも頭を下げて訴える。

「今日だけ、ね？」

アヴなら、許してくれると思った。アヴは自分がエテルに近づきたい気持ちも、現状も、何もかも知っている。そして、従神官たちはみな自分を弟のように可愛がってくれている。きっとお役目を譲ってくれるだろう。

アヴがしばらく黙り、ふーっとため息をつく。

「今回だけだぞ」

「はい！」

――やったあ！

嬉しくて尻尾が飛び出してしまう。クロは満面の笑顔で厨へと駆けだした。

「粗相をするなよ！」

「はーい！」


「なぜお前が持ってきたのだ」

「あ……その……当番の人に代わってもらいました」

銀杯を盆に捧げ持っていくと、エテルにとがめられた。

エテルがにこりともしないのはいつものことだ。けれど、今日の視線は違う。

冷ややかな視線とともに、厳しい声音が刺さってくる。

「従神官の職分に、勝手に立ち入るな」

静かに言われる分、怒鳴られるより怖い。クロは思わずビクリと耳を引き攣《つ》らせた。

「自分の立場をわきまえろ」

黄金色の双眸《そうぼう》で睨み、盆から銀杯を取ると、エテルは一瞥もくれずに部屋を出ていく。

――……怒られた……。

きつい物言いは何度もされたことがある。けれど、こんな風にぴしゃりと怒られたのは初めてだ。

クロは思わぬ反応に呆然とした。

出しゃばったのは確かだ。褒められることはないだろうと思っていた。けれど心のどこかで〝仕方のない奴だ〟と、呆れて許容してもらえると思っていたのだ。そこで、なんとか会話ができると思っていた。

「……」

エテルが部屋を出るのに合わせて、その時随身していた従神官二名があとに続く。クロは沈んだ気持ちを抱えながら、うな垂れてそのあとに続いた。


その夜、クロはいつもより焦って寝台に乗り込んだ。

夕刻に叱られた分、暖め役をやることで挽回《ばんかい》したかったし、従神官の仕事を代わりにやれないなら、許してもらっている役目で、もっとエテルに近づきたかったというのもある。エテルが寝台の前で一瞬足を止めていたのが見えたのに、クロはかまわず尻尾でふわりとその手を撫でようとしてしまった。

だが、ぱしっと白い手で弾かれる。

「近づくな」

――エテル様……。

険しい声に、身体が竦《すく》んだ。エテルは美しい眉を難しく寄せる。なぜか、毛を逆立てて警戒する獣のような気配だ。

「足元にいろと言ったはずだ。なぜ言われた場所から動く」

詰《なじ》られて、クロの尻尾はしゅんと巻いて垂れ下がる。エテルの声は容赦がない。

「初めに、私が眠ったら台を降りろと言ったはずだ」

――はい……。

苛立《いらだ》つエテルの声が怖い。情けないほど耳をぺたりと倒し、怒りを立ち昇らせているエテルの前でうな垂れるしかない。

何かを抑えた声だった。まるで、目の前で扉をバンと閉められてしまったみたいだ。

「……人の領域に、ずかずか踏み込んでくるな」

――……はい。

獣の姿のまま、低く恭順を示して唸るしかなかった。エテルは険しい表情のまま、寝台に入るとざっと薄布の幕を閉じた。

「寒くはない。部屋には入ってくるな」

きっぱりとした拒絶に、なすすべはない。クロはぴったりと閉じられた幕を長らく眺め、そしてそれが絶対に開かれることはないのだと悟って、すごすごと部屋を出た。

――エテル様……。

せめて部屋の外で番をしようと思ったけれど、もしそこまでエテルが出てきて追い払われたらと思うと怖くなって、クロは人の姿に戻り、あてどなく神殿を歩いた。

夜も更けていて、人の気配は少ない。だが回廊と聖堂は一晩中燈明が灯されているし、街に向いた側には、一定の間隔を置いて神殿兵が立っている。クロは誰にも見られたくなくて、一番先端にある聖堂へ入り込んでいた。

聖堂の正面には、波打つ長い髭を蓄え、四枚の翼を広げた戦いの神ニヌルタの神像がある。

——神様……どうしたらエテル様にお許しいただけるでしょうか。

自分が怒られるだけのことをしたのだと思う。けれど、何をどう間違えたのかが明確にわからなかった。

跪き、炎の灯りに照らし出される神像を仰ぎ見て祈る。

——神様……どうか……。

祈りを捧げていると、背後に忍ばせた足音を感じた。振り向くと、アヴがいる。

アヴが少し肩を竦めた。

「アヴさん……」

「随身の連中から、お前がエテル様に叱られたって聞いてな」

涙が盛り上がってしまい、手の甲で拭う。アヴと神像の前の階段に、二人で並んで腰掛けた。

静かな聖堂は、どこからともない夜風で、時おり燈明の炎が揺らいでいる。

「……そうか」

夕刻からの詳細を話すと、アヴはしばらく考えてから口を開いた。

「お前が、一生懸命なのはわかる」

けれど、その努力は方向をはき違えていると言われた。

「俺たち従神官も、少しでもエテル様に認めていただきたいとがんばってる。でもそれは従神官としての役割を完璧に果たすことだったり、国境の守り手として戦力を磨くことだったりだ」

決してその領分を越えたりはしない。

「もちろん、守護獣みたいにもっとエテル様のお傍近くにいられたり、触れたりできるならなお嬉しいだろう。けれど、それは従神官の職分ではないんだ。だから、俺たちは従神官という立場以上には、エテル様には近づかない」

エテルにも言われた〝職分〟という言葉が心に痛い。

「今日やったお前の努力は、〝守護獣の職分〟ではないだろう？」

アヴは、穏やかに諭してくれる。

「お前はただ、自分の気持ちばかりわかってもらおうとしてエテル様に突進していったんだ」

好きだからと、一方的に慕って押すのは自己満足だ。

「お前は、エテル様のお気持ちを考えたことはあるか？」

「……」

自信をもって頷くことはできない。

「お前はよかれと思ってエテル様との距離を縮めようとしたのだろうが、される側の気持ちを推し量れないなら、それは一方的な押しつけなんだよ」

相手は嬉しいかもしれないし、嬉しくないかもしれないのだ。

エテルは他人と親しく関わることがない。そんな人間にとって、ぐいぐい来られる人間関係はきっと不愉快なのだろう。

「……ごめん、なさい」

——じりじり寝る場所を移動してたのも、バレてたし……。

思い返すと、エテルの態度は昨日、今日で急に変わったわけではなかった。言葉にしない感情が、少しずつ積み重なっていたと思う。夕刻の一件は、それが決壊するきっかけでしかない。

——たぶん、嫌だったのをずっと我慢していて、それが爆発したんだ。

そう思うと、エテルの気持ちに気付かず、嬉々としていたのがいたたまれない。

頭を撫でられる。

「相手の気持ちを汲めるようになれ……それでこそ一人前の男だ」

やさしく注意されると、よけいに自分の駄目さ加減に泣けてきて、クロはべそをかきながら唇を噛み締めた。

「……はい……すみません、でした」

——強くなるだけじゃ駄目だった。

一人前の男に必要なのは、腕力だけではないのだ。クロは涙を拭う。

——ヨムさんみたいに強く、ナハルさんみたいに思いやり深く、アヴさんみたいに賢い男になろう。

心のなかで密かに誓っていると、アヴが低く静かな声で言う。

「だがな、お前がエテル様に抱いた気持ちは、捨てないでいてほしい」

「？」

「エテル様が孤高で、誰のことも寄せ付けないのは、あの方なりの防御なんだ」

アヴは、少し悲しそうな顔で苦笑する。

「あの方の心のなかには、誰にも入れない領域がある」

エテルはそれを守るために、心を鎧《よろ》っているのだという。

「どんなに心からお仕えしても、その殻の内側には入れない」

「アヴさん……」

「俺たちでは駄目だった……。ヴァトネも、入れてはいなかったと思う。その領域に近づけたのは、お前だけだ」

――……俺？

曲がりなりにも、眠りにつく時まで傍に置いてもらえたのだから、間違いないとアヴは断言した。

「だから、〝それ以上、踏み込んでくるな〟と言われたんだろうけどな」

きっと、その領域を守ろうとしてお前を弾いたんだとアヴは推測したらしい。

心を守るための鎧は、誰からも傷付けられなくなる代わりに、誰のことも受け入れられなくなる。

誰も傷付けることのできない最強のエテルは、その殻のなかで独りぼっちだ。

「俺は、決して今のままがいいとは思えないんだ」

差し出がましいことだがな……とアヴは笑った。

「エテル様が誰かに心を許せるようになるとしたら、その相手はきっとお前だろう」

だから、お前は大人になれと言う。

「エテル様に、安心して心を開いてもらえるほどの男になれよ」

光明が差した気がした。

「俺、がんばります」

まずは、エテルが何を考え、どう感じているかを黙って観察しよう。エテルのほうから心を開いてもらえるまで、自分の気持ちは封印しておく。

「よし、いい子だ」

アヴにぐしゃぐしゃと髪を掻き混ぜられ、クロは涙の残る目で力強く微笑んだ。

六　四年後

クロを守護獣として引き取って、四年の歳月が流れた。

エテルは、国境を襲ってきたという隣国の軍を追い払うべく、国を隔てる山脈へと馬で駆け上がっていた。

エテルを筆頭に神官五名が続く。前衛には従神官、左右と後列には神殿兵を従えている。神殿兵は最新鋭の、やや長い槍を手にしていた。

エテルの左斜め後ろには、狼の姿をしたクロが走っている。エテルはちらりとその姿に目をやった。

——思ったより大きくなったな。

足が大きかったから成長するとは思っていたが、今ではヴァトネよりも一回り大きい。クロの向こう側の神殿兵は、槍も見えないほどだ。

艶やかでみっしりしていたビロードのような黒毛は、風になびくほど長くなり、尾の一部と背中に銀灰色の模様が出た。

鼻づらはシュッとしてきて、あどけなかった空色の瞳は、ブルートルマリンのように澄んだ水色になった。狼らしいしなやかさと、駆けていく脚の強さ、青い瞳のなかで引き締まっている光彩……いつの間にか、クロは成獣の雄になっている。

「……」

今でも、本当は戦いの場にクロを連れていきたくはない。だが、置いていくのが不自然なほど、クロは姿も能力も成長していた。

エテルが観察する限りでも、クロの戦闘能力はヴァトネのそれよりずっと高い。従神官たちも、クロの実力なら前線に出しても充分問題ないと評している。

豪剣で鳴らした従神官たちを相手に、食らいついて鍛錬していた。本人の努力の賜物《たまもの》でもあるのだろう。戦場に出るに相応《ふさわ》しい力をつけるまでがんばったのだから、それは認めてやらなければならないと思っている。

ここ数年で、エテルも仕方なしにそう評価を変えた。

斜め後ろを走っていたはずのクロがふいにスピードを上げ、鼻先をヒクつかせている。

「なんだ？」

目を向けると、〝前方に鉄の匂いがする〟と訴えてくる。半獣の嗅覚は人間のそれよりずっと鋭い。隣国の兵が潜んでいるのだろう。青い眼に警戒の色が見えて、エテルは右手を挙げ、全兵に通達した。

「警戒せよ！　前方に敵兵がいる！」

味方の陣営はまだ先だ。それより前ということは、国境兵たちが持ちこたえられなかったのかもしれない。一団に緊張が走った。

神官が戦場に出向くのは、相手の国が呪師や神官を使って攻撃してきた時に限られる。平時の警備や戦は軍の仕事で、神殿は関与しないのが基本だ。

人間の兵より、神の力や闇の術を使ったほうが侵略は簡単にできそうだが、そう都合のよいものではない。術は限られた場所や短い時間しかもたないことが多く、神の力は強大だが、むやみに振るえば敵味方関係なく吹っ飛んでしまう。制圧したあとの治安も含めて、戦のことは軍人に任せたほうが効率はよい。だから、神官がその力を使うのは軍の力で及ばぬと判断された時だけで、通常は神殿に籠り、日々神へ祈りを捧げている。

「エテル様！　前方に兵が……ぅわあっ」

「！」

駆け戻ってきた前衛が、報告の途中で悲鳴を上げる。山が揺れ、馬は驚いて棒立ちになった。

従神官たちが馬首をめぐらせてエテルの周りを護衛する。

「落ち着け！　エテル様をお守りしろ！」

ガラガラと山肌を小石や岩が崩れ落ちていく。不気味な地鳴りがして、兵たちはどこから敵が来るのかと戦々恐々として構えている。そしてふと雲がかかったように空が暗くなり、見上げた兵が悲鳴を飲み込んだ。

「ヒッ！」

「うわあーっ、蛇だっ」

巨大な蛇が鎌首をもたげ、細い舌をちろちろと動かしながら兵たちを見下ろしている。エテルは、金色の額飾りを付けた蛇を睨み上げた。

――霊獣か……。

薄い緑の鱗《うろこ》と、黄色に濁った眼。蛇の霊獣はシャーっと威嚇音を上げ、長い胴を地面に這《は》いずらせて地響きを上げている。こんな大きな霊獣が現れたら、国境兵では太刀打ちできなかっただろう。

「みな、伏せておけ！」

エテルは周囲に命じて蛇を睨んだ。鞭のように振るう尾が、大岩を砕いて飛び散らせている。この状況で風を起こしたら、味方の兵が巻き添えで岩に当たってしまう。

――だが、あの蛇の後ろにはメディアの大軍が控えているはず。

クロはすでに鉄の武器の匂いを嗅ぎつけている。このまま躊っていたら、彼らの餌食になるだけだ。

――止むを得ぬ。

「……クロ」

エテルは眉根を寄せたまま、隣に控えている守護獣を呼んだ。

「力を与える。そなたはあの蛇の眉間を狙え」

グルル……低く喉を唸らせ、クロが恭順を示した。エテルは神の名を唱え、その手に光を集めると、クロに指示する。

「行け！」

クロが唸り声を上げて飛び上がり、エテルはその獣態に光を投げた。

クロが光を受けて、姿を増大させる。エテルが神の力を借りることができるように、クロにその力を与えれば、守護獣は主の力量に応じた姿を取れるのだ。

辺りが陰るほど巨大な蛇に比べると、クロはまだ小さい。それでもエテルの放った光を受けて三倍ほどの大きさになった。毛並みをなびかせ、高く跳躍して蛇の額へと飛びつく。

正確に眉間に牙を立てると、預けられた光が垂直に蛇の頭蓋を貫き、真っぷたつに割れる。

「クロ！」

案じてエテルが叫ぶよりわずかに早く、クロは蛇の頭を足場にして飛び退っていた。かなりの高さをものともせず、地面に下りて主のもとに戻る。

エテルが間髪容れずに命じた。

「メディア軍を追い払う。しばらく兵の風除《よ》けを務めよ」

クロは一声唸ると、従神官たちの前に立ちはだかり、自らの身で彼らを庇う。エテルはそれを確認してから風を起こし、蛇の霊獣の向こうにいる敵国の兵士たちを薙《な》ぎ払った。

敵兵は斜面に潜んでいたから、足場は悪いだろう。平地なら耐えられる風だったかもしれないが、山の向こう側で悲鳴がこだまのように折り重なり、メディア軍の大半が転がり落ちていったことがわかる。

やがて地面に伏せていた神殿兵たちが立ち上がり、本当に敵兵が撤退したかを確認しに行った。負傷者を保護するために、従神官たちも動き回っている。エテルはその場に控えていたクロに目をやった。

「よくやった」

クロは噛み締めるように、澄んだ空色の目をゆっくりと瞑る。手を翳《かざ》し、その力を解くと、クロは本来の大きさに戻った。

帰還の態勢に入ると、従神官たちも次々とクロを労《ねぎら》う。

「ご苦労だったな、クロ」

「すげえな、本当に霊獣に引けをとらなかったぜ」

みな、ぽんぽんと毛並みを撫でてクロを褒めていた。クロも嬉しそうに彼らの手に頭を傾けている。

エテルは馬上でそれを見ていた。

――人として生まれていたら、神官にも匹敵した力だ。

神々から、人間を治めるように力を与えられたのが神官だ。だから、神官たちは王家やその血筋に連なる家の出であることが多い。だが稀《まれ》に、血筋に関係なく神に愛《め》でられて生まれてくる者がいる。

おそらく、クロもそうした幸運を携えて生まれてきた一人だと思う。

もともとロークは古き神に従う半獣の民だ。人とは異なる力があるだろうけれど、ヴァトネは神力を受け取ることはできなかった。クロだからできたことだ。

――選ばれるべくして神殿に捧げられたということか。

自分は公平な選出方法にしたつもりだが、神々の思惑は、ちゃんと働いていたのかもしれない。


蛇の霊獣が出たのが、神殿からそう離れていない場所だったこともあり、出陣したエテルたちは、その日のうちに神殿に戻ることができた。

神殿は山端に沈む前の陽の光に照らされ、黄金に輝いている。エテルは、主神官専用の浴室を出て聖堂へ行くために回廊を通りながら、賑やかに響いてくる声に足を止めた。

「……」

回廊の一番端からは、裏庭の一角が見下ろせる。従神官や神殿兵、下働きの者たちが寝起きする棟が繋がっているところだ。厨の火がその下で炊かれていて、上に共同の浴槽があった。

浴槽は上半分に布で覆いがかけられているが、そのほかは裏庭に張り出した形で露出している。ちょうど、討伐に出た者たちが泥や汚れを落としているところだった。

――クロ……。

湯のなかで、クロがほかの従神官たちと笑い合っている。

クロは顔つきも身体も、すっかり青年らしくなった。ナハルたちに比べれば細いほうだが、均整の取れた筋肉質な身体になり、あどけなさが残っていた顔は、落ち着いた男らしさを漂わせている。

――だが、ここにいる時は前とあまり変わらないのだな。

クロは、いつの間にか寡黙になっていた。来たばかりの頃は、こちらが面食らうほど喜怒哀楽を振りまいていたのに、気が付いたら、いつも静かに後ろで控えている。

けれどこうして見ていると、クロの性格が変わってしまったわけではないのだ。従神官たちとふざけ合いながら、風呂の端で取っ組み合いをして、アヴに叱られている。

肩を竦めて謝る顔も、ナハルたちに背中をバンバン叩かれて屈託なく返す笑みも、幼い頃の面影を引き摺っていた。

――私の前でだけか……。

守護獣としての、公式の立場をわきまえるようになったのかもしれない。アヴたちだって、自分の前では従神官として取り澄ました顔をしている。

きっとアヴたちが指導したのだろう。作法や振る舞いも洗練されてきたし、今回の戦いのように、自分の右腕として欠かせない存在となりつつある。

とてもよい成果だ。いつまでも来た頃のように自由奔放にやられたら煩わしくて大変だったはずだ。そう思うけれど、心のどこかで、鬱陶しいくらいに近づいてきたクロの姿を思い返してしまう。

――ばかな……。

心中で自嘲していると、水面がきらめく湯のなかで立ち上がったクロが、回廊のほうを見上げた。

「……」

「……」

列柱も壁面も夕陽が照り返っていて、クロは眩しそうに目を眇めている。

きっと、こちらの姿は見えない。

クロは見上げたまま立ち尽くし、エテルもその場から動かなかった。

やがて太陽が最後の光を投げかけて沈み、クロの後ろから、ヨムが上がろうと促した。

戦場から帰投してきた彼らは、夕刻の礼拝を免除されている。このあと夕餉《ゆうげ》の席に向かうのだろう。

出陣の慰労に、葡萄酒が振る舞われるはずだ。

クロは従神官たちにいざなわれて建物へと消えていく。けれど、去り際にもう一度振り向いた。

まるで、こちらの姿が見えているかのように、青い瞳が穏やかに微笑む。

――……。

エテルは、その後ろ姿が見えなくなるまで動けなかった。

クロは分《ぶ》をわきまえて口数が減った。けれど、ただ突進してこなくなっただけで、彼はいつもこちらを見ている。

――帰路も、陽射しから私を庇って走っていた……。

馬で行く道より足場が悪いだろうに、傾いていく太陽の眩しさを遮るために、少し離れて並走していた。ほかの行軍の時も、風があると、寒さが来ないよう遮る位置で走っているのを知っている。

――だがそれはきっと、守護獣としての役目を果たそうとしているだけだ。

それだけのことで、職務以上の感情はないはず……そう思っておきたい。

脳裏にこびりついたクロの眼差しを振り切るように、エテルは軽く頭を振って、聖堂へと向かった。

夜――。

一日の務めを終え、部屋に戻ると、入り口には必ずクロがいる。

「……」

神殿は、あらゆるところに燈明が灯され、神殿兵が三交代で警備をしている。不寝番も護衛も要らないと申し付けてあるのに、クロは今でも必ず部屋の前で夜を明かす。おそらく、与えた部屋は一度も使っていないだろうと思う。

クロはもう勝手に寝台に入ってきたりはしない。こちらが寝たあと狼の姿になって、丸まって眠っているのだ。

すっとその横を通ると、空色の瞳が見上げてくる。

静かで、穏やかで、どことなく微笑んだ眼だ。

「おやすみなさい、エテル様」

「……」

視線を感じる瞬間、心の奥がさざ波のように揺らぐ。そのたびに不安が生まれ、そして視線を外したあとに、後ろ髪を引かれるような気持ちになる。

いつからか、毎夜クロの前を通るたびにそんな感情に襲われるようになった。だからといって、招き寄せることはできない。

——今さら……。

突進してくるクロを拒んだのは自分だ。それに、また以前のようにぐいぐい来られたら、きっと自分は不愉快な気持ちになって、クロを追い出してしまうだろう。

——……。

誰にも、この場所に入ってきてほしくない。心の平安を乱されるのは嫌だ。

——だが……。

クロに近づかれると心が構える。けれど、クロの姿が見えなくなると、心のどこかが不安に揺れる。

この気持ちをどうしたらいいのか、自分でもわからなかった。

エテルは寝台の幕を引き下ろしながら、自分に言い聞かせていた。

クロは必ず部屋の外にいる。

だから、心安らかに眠ることができる。

ある日、王宮から呼び出し状が届いた。今年九歳になる王子を正式に後継者として定めるため、立太子式を執り行うという。当然、式典にはすべての主神官が参列せねばならない。

留守をほかの神官たちに任せ、アヴをはじめとした幾人かの従神官と守護獣を伴い、エテルは首都に赴いた。

都へ向かうのは、クロをもらい受けた時以来、四年ぶりだ。

久々の王宮は行事を前に、華やかな空気を纏っている。

そこかしこで香が焚かれ、宮女も侍従たちも金細工とビーズの装飾が施された正装で行き交う。地方の貴族や各地の主神官などが続々と到着していて、城内も人の姿が多い。

クロを伴って王の居室へ挨拶をしにいった帰りに、回廊でスモル主神官とシャマイム主神官に出会った。

「おやエテル殿、もう到着されていたか」

「お久しぶりですスモル殿、シャマイム殿」

「エテル殿も」

スモルは王家に連なる家系の生まれで、彼も王宮で育てられた。そう親しいわけではないけれど、王宮で暮らしていた時、同じくらいの年回りの子どもは彼しかいなかった。そういう意味では、幼馴染みというのだろう。彼はピンク色がかったうねる髪と紫にも見える瞳で、やや妖艶な容姿を持つ。その姿は、愛と豊穣の女神イシュタルの神殿を預かるに相応しく見えた。それに対して、シャマイムはもっと柔和な顔立ちだ。豊かな黄金の髪が波打ち、上背は三人のなかで一番高い。

懐かしそうに話すシャマイムの後ろで、彼の守護獣がぱっと顔を輝かせてクロのほうへ近づいた。エテルは主神官同士で会話をしながら、ついその声に耳を澄ませてしまう。

「ほんとにクロ？　すごい……大人になっちゃったのね」

クロは黙って会釈しただけだ。けれどシャマシュ神殿の守護獣、タルネゴルはかまわず隣に来て話している。エテルはそれを視界の端で捉えていた。

タルネゴルは、クロとの再会を喜んでいるだけなのだろう。守護獣同士の挨拶で、ただそれだけのことなのに、なぜか気にかかってしまう。

スモル主神官は、いつもと変わらない優美な笑みを浮かべている。

「都合がつくようなら、ぜひお茶会にも顔を出してほしいね。いつもの中庭だ」

「ええ、参加させていただきます」

――……。

そのまま、王に挨拶に行くから……とスモルは去っていった。シャマイムとはその先で、自分の部屋のある方向へと別れる。彼の守護獣は角を曲がる時も振り返り、またねとクロに手を振っていた。

タルネゴルとは、守護獣を授けられる儀式の時に隣り合わせになった。確か、クロがからかわれていたような気がする。それだけだと思ったのに、いつの間にあんなに親し気に話す間柄になったのだろう。

――あの頃は、放りっぱなしだったから……。

王宮でクロが何をしていたのか、ほとんど把握していない。けれど今さらそれを本人に問うのは憚《はばか》られて、エテルはそのままにした。

そして翌日、エテルは茶会に顔を出すために部屋を出た。

部屋の入り口にはクロが控えている。

心のなかで、部屋を出る寸前まで迷っていた。たいていの主神官は、茶会の席に守護獣を伴ってくる。ヴァトネの時は自分も連れていった。けれどそれは、大人しいヴァトネのために守護獣同士で交流させようと意図したからだ。クロは、自分が特に配慮しなくてもタルネゴルと仲良く話している。それならば、わざわざ連れていく必要はない。

そう結論を出したから、すっと横を通り過ぎた。けれど気になって、つい一瞬振り向いてしまった。

「……」

クロはただ伏せ目がちに、自分に与えられた剣の柄《つか》を見ていた。足を止めたことに気付いたクロが顔を上げそうになったのを見て、エテルのほうが慌ててその場を立ち去る。

――なぜ……私は……。

妙に驚いた自分の感情が不思議だった。自分は、何にショックを受けたのだろう。考え込みながら庭へと向かい、クロの醒《さ》めた目にどきっとしたのだと気付いた。

昔、まだクロが何かと突進してくることが多かった時のことだ。一年の収穫を祝う祭りの場で、無意識にクロのほうを振り返ってしまったことがある。

――その前は、ヴァトネと並んで立っていたから……。

守護獣は二度と持たない……そう誓った気持ちが、まだ払拭できていなかった。クロを切り捨てられないのに、彼を隣に置く覚悟もできない……そんな時期だった。

振り返った時、クロは必死な表情でこちらを見ていた。

苦しかった。招き寄せればいいだけのことが、どうしてもできない。クロの望みを叶《かな》えるのは自分には苦痛で、けれどきっぱりとクロの気持ちを無視するのも苦痛だったのだ。

――あれから、よけいにクロを見なくなった……。

クロと目が合うと、拒んでいることへの罪悪感に駆られる。だから自分の心の平穏を保つために、ますますクロから目を逸らした。そしてそれはいつしか習慣になった。

——私は、まだクロがそういう顔をすると思っていたのか……。

また悲しそうな顔をされたり、追いすがられたりするかと思って身構えていたのに、気に留めてもいない様子だったから、それで驚いたのだ。

——いや……なぜそれで私がショックを受けるのだ？

自分で出した結論に、自分で煩悶《はんもん》する。

悲しい顔をされるのは嫌だ。それで一人お茶会に出席したら、心が痛んだだろう。だからむしろ、クロが平気な顔でいてくれるほうが、自分にとってはいいはずだ。

なのに、どうしてこんなに気持ちが引っ掛かるのだろう。

クロはもう、自分に付きまとうことはない。もちろん命じれば付き従ってくれるし、戦場では心強い片腕だ。けれど、クロにも従神官たちやほかの守護獣のような、彼だけの人間関係がある。何も、自分としか繋がりがないわけではないのだ。

忠誠心と慕ってくる感情は別……。こんなにすっきりと結論が出ているのに、どこかでショックが抜けていない。

もうクロにとって自分は、無理やり突き進んでくるほど心を傾ける対象ではないのだ。静かに、冷静に仕える主君でしかない。

——それの、何が悪い？

申し分ないはずだ。そう望んだのは自分だ。何度も自分にそう言い聞かせているうちに、エテルは中庭に出ていた。

広い中庭は日干しレンガが敷き詰められ、階段状に少しずつ低くなっている。水車を利用して引かれた水路の水は、そのままずっと下手に流れ込み、人工の湖を形作っていった。水路に沿って樹木が大きく枝を広げ、緑の木陰を作っている。

「やあエテル殿、来てくれたんだね」

「おじゃまします」

中庭の四阿には、スモル主神官とシャマイム主神官がいた。スモル主神官の守護獣はいるけれど、タルネゴルはいない。エテルは、守護獣を連れていないのが自分だけではないことに少しほっとした。

四阿のなかは美しい布が敷き詰められ、金の盆がいくつも置かれており、そこには果物や焼き菓子が盛られている。酒や果物水を入れたガラスの瓶が、キラキラした影を作っていた。

スモルは豪華な刺繍を施されたクッションにもたれている。隣にエテルが座ると、宮女たちが新しい杯を持ってきて、果実酒を注ぐ。

「来てくれて嬉しいよ。こういう機会がないと、書簡ばかりでなかなか直《じか》に会えないからね」

「そうですね」

この二人は、ほかの主神官たちに比べると関わりがあるほうだ。彼らは社交的なので、ほかの神殿だけでなく、交流の幅が広い。神官のなかには、政治権力ばかり気にして他所の神殿の動向を探る輩《やから》もいるけれど、彼らはそうした下世話な詮索や噂《うわさ》話はしないので、付き合いやすいのだ。

ひとしきり国境の状況を伝え合っていると、ふいにスモルが後ろにいる守護獣の髪を撫でて言う。

「ゲシェム、お前には退屈な話だろう？　遊びにいっておいで」

「はい」

頭を下げ、素直に階段を下りていく守護獣を眺めながら、スモルが妖艶に目を眇める。

「そういえば、クロは本当にいい男になったね」

シャマシュの主神官も同意して笑う。

「確かに。下賜の時はどうなることかと心配したけれど、ずいぶん逞しくなった」

二人ともこちらが尋ねる前に、四年前この場所でクロを茶に招いたことを教えてくれた。

「君を守れるようになりたいと言っていたよ。健気《けなげ》な子だったね」

――クロが……。

語られる話は、自分が知らない王宮でのクロだった。

どうりでタルネゴルと親し気だったはずだと納得していると、スモルに〝連れてきてくれればよかったのに〟と言われてしまう。

エテルは、とっさに答えられなかった。黙ったことで、スモルが思案気な顔になって起き上がった。

「もしかして、うまくいっていない？」

「いえ、別にそういうわけではありません」

クロが従神官たちから訓練を受け、前線でも活躍していることを話す。

「私も、頼みにしています」

クロが神力を受け取り、扱えることを話すと、シャマイムが感嘆の声を上げた。

「すごいね。確か、ニンフルサグ神殿の守護獣もそんなことができるという話を聞いたことはあるけれど……なんでも、霊獣に属性が近いのだとか」

「ロークは古き神の民ですから、そういう可能性もありますね」

「だとしても、すべてのロークにできることではないから、やはりクロは逸材だったのだろうな」

「ええ、そう思います」

彼は優秀な守護獣だ。そして、自分と守護獣の間には何も問題はない。過不足なく、いい関係だ。

やがてカルデアの長い午後が終わり、夕暮れの涼しい風が吹き始めて、茶会はお開きになった。

席を立つ頃になると、見計らったようにスモルの守護獣が戻ってくる。タルネゴルもいつの間にか四阿に来ていて、主の隣でお茶をもらっていた。

放任はしているけれど、どこかで息がぴったり合っているような彼らを、つい羨望の眼差しで見てしまう。別れ際、日干しレンガに長い影を落とす後ろ姿を見送っていたら、スモルが振り返った。

「エテル殿、私の部屋に寄っていかないか」

「え？」

とっておきの書があると言われて、誘いに応じた。なんとなく、クロが待つあの部屋に戻りたくなかった。

そして、神殿からまるごと引っ越してきたのかと思うほど書や楽器が溢れた部屋で、エテルは居心地のよいもてなしを受けた。途中で自分の従神官たちが居場所を確認しに来たけれど、スモルの勧めもあって夕食もそこで摂《と》り、もう、月は天高く昇る時刻になっている。

「長居をして申し訳ない」

非礼を詫びて席を立とうとすると、スモルはことんと酒杯を置いて言う。

「なに、帰りたくなさそうに見えたから誘ったまで……」

「……」

図星を指されてエテルが見つめると、スモルは意味ありげに昼間と同じ問いを繰り返した。

「本当に、クロとはうまくいっている？」

もちろんだと答える前に牽制《けんせい》されてしまう。

「役目上の話をしているわけではないよ、心の問題だ」

うまくいっているのに、茶会にも連れてこないというのは不思議だねと指摘されて、エテルは観念して息を吐き、スモルに白状した。

取り繕ったところで、彼には見透かされてしまう気がする。

「何が、というわけではないのですが……」

戦場においては、確かにクロを重用している。特に問題はない。けれどそれだけで、スモルと守護獣のような、心を通わせた関係ではない。

「クロはそういう気持ちを持ってくれていたようですが、私が拒絶しました」

　クロと職務以外の会話をしていないことも、その間に起こった出来事も、なぜかスモルには素直に言えた。自分でも解決のつかないこの気持ちを、誰かに打ち明けたかったのかもしれない。

　なぜ拒んだのかと問われて、エテルは逃げるように視線を下げた。

「クロが嫌だというわけではありません……それが誰であれ、私は人と深く関わって振り回されるのが嫌なのです」

　守護獣として受け取ったばかりの頃、クロが向けてきた強い感情は忠誠心だけではなかったと思う。認められ、褒められたい。そこまでなら従神官たちと同じだ。だが、クロはもっとその奥まで入り込んでこようとする。

　物理的に近づくだけではない。クロが望んでいるのは、主従の関係でも、形式上の触れ合いでもなく、もっと心を擦り合わせるような接触だ。あの感情に気付くたびに、心がどんどん不安に駆られた。受け入れてしまったら、クロは躊躇《ためら》わずにこちらの心のなかに飛び込んでくるだろう。

　誰かに振り回されるのが嫌だ。

　だから、近づこうとするクロを拒絶した。はっきり拒めば、彼も従神官たちのように己の立場をわきまえ、それ以上踏み込んでこなくなる……そう思っていた。

　――実際、踏み込んではこなくなった。

「けれど、受け入れていなくても、もう振り回されているよね？」

　――あ……。

　そのとおりだ。スモルの指摘に、エテルは否定ができなかった。ちゃんと拒んだはずなのに、自分はずっとクロのことで悩んでいる。

クロの人間関係が気になっただけではない。

毎夜、クロの視線を振り切って部屋に入るくせに、眠りにつくひと時、クロが近くにいたわずかな記憶を思い返していた。

仔犬の頃の笑み、毛並みの感触……夢のなかで甦るのは、いつも自分に向けられたクロの表情だ。

そうやって思い返しているくせに、形だけ拒んだ気でいる。

「もし、もう君の心のなかにクロがいるなら、君はクロと話すしかないんじゃないかな」

「……」

だが、そう言われてクロと向き合うことを考えると、部屋を出た時の姿を思い出してしまう。部屋に帰りたくなくなるほど、あの表情はショックだった。

「……今さら」

もう、クロにとって自分は仕事として仕える相手で、あの頃のような感情はないのだと思う。今になって受け入れると伝えても、もう遅い。

けれど、スモルは妖艶な微笑を浮かべて諭してくる。

「クロは何度も君の心を開こうと扉を叩いた。なのに、君は一度も叩かずに終わるつもり？」

エテルははっとして顔を上げた。

――ずっと、クロの気持ちを無視したままで……。

この四年の居心地のよい距離は、すべてクロが大人になって立ち回ってくれていたからできていたことだ。それはわかっている。主従の関係なのだから当たり前だと言われればそれまでだが、クロが一方的に努力してくれていたことに、自分は少しも報いていない。

たとえもう手遅れだとしても、ちゃんと自分の気持ちは伝えるべきではないか。

「……話してみます」

「そうしたまえ」

どこか楽しそうな顔をしたスモルに、エテルは礼を言って立ち上がった。

「貴方に、こんな悩みを相談することになるとは思ってもみなかった」

さりげなく案じてくれたことも、示唆してもらったこともありがたい。そう言ったらスモルは隣にいる守護獣の頭を撫でながら微笑んだ。

「私を誰だと思っている？　愛と豊穣の女神、イシュタル神殿の主神官だよ」

「スモル殿……」

「君が失恋して傷ついたら、次は一緒にヤケ酒に付き合うとしよう」

いい酒を用意しておく……と励まされたのかからかわれたのかわからない送り出しを受けて、エテルは自分の部屋へと戻った。

エテルの部屋は中庭に臨む上階で、庭側にはバルコニーが張り出している。エテルは、人が寝静まり、蠟燭《ろうそく》の灯りが揺らめく回廊を進んだ。

特に自室の周りは静かだ。あまり仰々しく人を置きたくないと知られているので、そう配慮されている。

——クロ……。

クロは部屋の入り口で、狼の姿になって眠っていた。かなり大きいけれど、尻尾まで身体全体を丸めている。エテルは規則正しく上下する腹の辺りを見ながら、近づいて物音を立てずに屈む。

躊躇いながら、その艶やかな毛並みに手を伸ばした。

想像よりずっとしなやかでしっとりとした、温かい毛並み……。

最後にクロに触れたのはいつだろうと考える。

——近づくなと振り払った、あの時以来だ。

触れずにいるうちに、あの仔犬のようだったクロは、ヴァトネを超えるほど大きな姿になってしまった。灰色の模様が入った額を撫でてやると、ぴくりと耳が動く。

クロは澄んだ目を開けた。そして目が合った時、エテルはその手を引っ込めることができなくなった。

「……」

獣の姿を取る時、言葉が交わせない分、守護獣たちは目で意思を伝える。クロの眼差しが、痛いほど気持ちを伝えてくるのだ。

どれだけこの手を待っていたかが、わかってしまう。

——クロ……。

クロは何も拒んではいなかった。

言葉に出さず、近づきたい気持ちを閉じ込めて、クロはただこちらが手を伸ばしてくるのを待ってくれていたのだ。どう説明しようかと心配ばかりしていたのに、その切ない瞳を見たら、エテルは逆に何も言えなくなった。

眉間から耳を伏せるように何度も撫で、ようやく声をしぼりだす。

「今宵《こよい》は冷えるのだ……」

はっとしたように目を見開き、次の瞬間にクロは人間の姿に戻っていた。

「っつ……あ、あっためます！」

――時が、巻き戻ったかのようだ……。

いつかの言葉を繰り返す。大人びた顔になったけれど、どこか子どもの頃の面影が残っている。

エテルは、目元を赤く染めているクロに微笑んで立ち上がった。

「頼む」

はい、という返事と同時に、クロはもう狼の姿に戻り直していた。

黒大理石の床にはあちらこちらに燭台が置かれていて、蠟燭の灯りが夜風に揺らめいていた。部屋の一番奥が三段高くなっていて、そこに寝台が設えられている。

寝台へ連れていくと、クロは足元のほうへ身体を寄せた。けれど成獣になった今では、どんなに身体を小さく寄せても寝台から落ちそうになってしまう。危なっかしくて、エテルは手のひらで光を集め、その身体を小さくしてみた。

だが、普通の狼より一回り大きいくらいまで調整したのに、クロは寝台の下に降りてしまう。それで、尻尾だけこちらの手足の上に乗せて温める気でいる。

——もしかして、クロは寝台から落ちそうだったから、上のほうに来たがっていたのか？

拒む前は、クロが顔回りに近づいてこようとしている理由がわからなかった。ただむやみに近くに来たがっているように思えていたのだ。けれど、もしかすると日に日に大きくなっていく身体が、寝台から落ちてしまいそうで不安だったのかもしれない。

それならば、あんなに怒ったのは可哀《かわい》そうだったと思う。エテルは反省して、寝台から手招いた。

「こちらに来い、上のほうなら落ちない」

青い瞳が戸惑っている。エテルは〝大丈夫だ〟と背を撫でて促した。

寝台はそもそも一人で眠るには充分すぎるほど大きいし、頭側は壁についているから、こちらなら落ちる心配もない。クロは、恐る恐るという様子で寝台に前足をかけ、するりと自分の頭を囲むように蹲った。

「……？」

どうやら、枕代わりに頭を乗せろということらしい。クロの示したとおりにすると、ふかふかの毛並みに頭から肩まですっぽり包まれた。

「なるほど……暖かいな」

嬉しそうに尻尾がぱたぱたと寝台を打つ。

毛並みだけではなかった。ほどよい弾力の腹がエテルの上半身を乗せ、心地よく支えてくれる。クロの体温と鼓動が、暖かさ以上に安心感をもたらした。

「重くはないのか？」

一晩中頭を乗せては、クロが辛いのではないかと案じてみるが、クロは〝大丈夫〟と目と尻尾で示した。

まるで寝かしつけるように尻尾がふんわりと何度も手を撫でる。エテルは、そういえば昔もこうして、クロは尻尾で手を覆ってくれていたなと思い出した。

「……」

黙って尻尾の先を握り、指先で撫でる。クロは身体全体でビクリと反応し、やがて静かになった。

まるで、指の感触を味わっているように思えて、エテルはずっとその毛並みを指で梳《す》いていた。

翌日から、エテルは毎夜クロを寝台に伴った。

部屋に入る前に、入り口で控えているクロの頭を撫でる。クロははっとした顔をして、そのまますぐ獣の姿になって付いてきた。三日目からは、部屋に戻ってくるだけで、遠くから期待を込めた眼で見つめられるようになった。

その、渇望を秘めた瞳で見つめられるのは、嫌ではない。

クロは自分のことを慕ってくれている……求められているのを視線で実感して満たされた。その昔、近づいてくるクロを拒んだ時からは想像もできなかった気持ちだ。

今夜も、クロは寝台に来るとスタッと頭側のほうへ回って蹲る。その身体に身を預けると、彼は驚くほど的確に、寝心地のよい体勢を整えた。

温かくふかふかで、やわらかいのに弾力があって、横たわっただけですぐ寝入ってしまいそうだ。

——こんなに心地よいとは思わなかった。

ただ感触が気持ちいいというだけではない。

横になって毛並みを耳に押し当てると、クロの鼓動を感じる。守るように丸められた身体も、そっと背中側に添えられた鼻づらも、何もかもが自分を安心させ、心も身体もゆるめていくのだ。

誰かがぴったりと寄り添ってくれる快い感覚。それは、今まで知らなかったものだ。

——人が傍にいるなど、煩わしいことだと思っていたのに……。

幼い頃から、部屋の隅に乳母が控えて座っていることすら嫌だった。いちいち挙動を見張られているような気がして、心が休まらない。乳母や宮女の手を離れ、一人で眠れるようになってからは、解放感さえ覚えていたのだ。

——なのに……。

今は、こうしてしっかりと包んでくれる気配が気持ちよくて手放せない。

これは、クロが獣態だからだろうか。それとも、傍にいてくれるのがクロだからだろうか。

身体全体で存在を感じているのに、まだ確かめたくて毛並みに手を伸ばす。腹や足を撫でていると、

なぜか心が充足して落ち着く。

——こんな気持ちになるとは……。

自分でこれだけ浸ってしまうと、かつて近づきたがるクロを拒んだことが、心から申し訳なく思ってしまう。

ふと寝返りを打って目を開けると、顔を覗き込むように見ているクロと目が合ってしまった。

見てはいけないというわけではないのに、クロは、悪いことをしたかのようにしゅんとうな垂れる。

エテルは微笑んで、その太い首へ腕を伸ばした。

「どうした？」

驚いて目を見開くクロを、腕で抱きよせる。首の後ろの毛並みを掻いてやると、クロは心地よさそうに目を瞑り、そっと鼻づらを首元へ押しつけてきた。

甘えてくる息遣いが愛おしい。今まで、自分の勝手な気持ちで拒んでしまった分、クロのしたいように、希望を叶えてやりたかった。

眺めていたいのなら見ていればいい。傍にいたいのなら、ずっとこうしていればいい。

——私も、嫌ではないのだから。

クロはクルル……と低く喉を鳴らす。エテルはそんなクロを抱きしめて眠った。

翌朝のことだ。

ふいに、頭のほうの感触が違っていると思って目を開けた。すると、視界に鍛え上げられた腹筋が見える。

クロが人の姿に戻ったのだろう。眠っていれば意識もゆるむ。無意識に、なりやすいほうの姿を取ったのだろうと思う。クロも目を覚ましたようで、身体がビクリと動いた。そしてその拍子に、脚の付け根の辺りが見えてしまう。

「わっつ！」

クロの慌てた声が響いた。

「……」

ばっと身を翻し、クロは股間を押さえたまま、顔を赤くして枕元に座っている。

「す……すみません」

「……いや……………」

目が覚めたら身体が知らぬうちに反応している……男ならよくある状態だ。だが、クロは顔をしかめながら、瞳を潤ませて困っている。

――もしかして……。

持て余したような熱っぽい視線に、エテルは起き上がって尋ねた。

「私に欲情したのか？」

「っと……とっ、とんでもない……っとんでもない」

語尾が尻すぼみだ。必死に否定するが、赤味が差した目元は、寝乱れてはだけた胸元に向いている。

「すみません…っ…お先に、失礼します……っ……」

クロは獣態に変じると、ひゅんと音がしそうなくらい慌ただしく駆け去っていった。

取り残されたエテルは、その後ろ姿を見送るしかない。

「……」

ぱたん、と寝台に沈み直した。

エテルも、情欲の知識は人並みにある。国によっては神官が独身を通すところもあるが、カルデアではむしろ、神官の血を引く子を増やすことは奨励されていた。形式上は婚姻しないが、内妻や愛人を囲い、子だくさんの神官も珍しくない。エテルも、淡白なほうではあるが性欲はそれなりにあった。ただ、煩わしいから妻妾の話を退けていただけだ。

——クロは、身体の交わりも望んでいるのだろうか……。

実はその前も、腹や脚を撫でている時に、脚の間にそういう反応があるのを知ってはいた。ただ、こちらが気付いているとわかったら気まずいだろうと思って触れずにいただけだ。

一緒に眠っているだけでも、好ましい相手なら、肌が触れると心地よいと感じる。もっと触れたいと思うのも、もっと深く交わりたいと思うのも、おそらく普通の感情なのだろうと思う。女性《にょしょう》が相手なら孕《はら》むこともあるというだけのことで、肌の交わりを望むことに男女の違いはない。

——しかし………。

もしそれがクロの望みだとしたら、叶えてやることはすなわち、己の身体を許すということになる。

——……私が………。

人間関係を敬遠してきたせいで、残念ながらそういう生々しい交わりにあまり縁がなかった。万人のしていることだから、そう特別なことではないだろうと思うのだが、いざ、現実にクロと〝そうなる〟かもしれないと想像すると、少し構えてしまう。

――できるのだろうか……。

クロの望みなら叶えてやりたい。それに、クロとともに過ごす夜は心地よい。毛並みを味わうのももちろんよいが、もし人の姿を取って素肌で抱き合ったら、もっと気持ちよいのではないかと思う。

とは思うが、雄の精の激しい欲を思うと、なかなか覚悟が決まらない。

エテルは天井を見たまま、長いこと考え込んだ。

七　苦悩と蜜夜

クロは獣態のまま夢中で駆けた。とにかく、エテルの目の届かないところに隠れたい。

――なんで……あんな……。

エテルの前で、なんという姿を晒したのだろうか。己の浅ましい欲情を隠したくて、クロはひたすら走り、なんとか王宮の広い庭の一角に隠れた。

チグリス川から水を引いた人工湖のほとりで、鮮やかな朱と金に塗られた小舟が何艘《そう》もさざ波に揺れている。クロは綺麗に刈り込まれた植え込みのなかに蹲り、収まりようのない熱を持て余したまま、水面を眺めた。

――エテル様……。

夢のような数日だった。今でも、夢なんじゃないかと思っているくらいだ。

エテルが手を伸ばして触れてくれた。あの瞬間だけでも、泣きそうだった。

――微笑んでくれて、頭を預けてくれて……。

渇望していた時期が、何十年も前のことのように遠かった。もう、生涯叶うことはない夢だろうと半ばあきらめていた。

――ずっと、離れて見ているしかないと思っていたのに。

エテルを見つめ、せめて守護獣としての役割を果たせるようになろうと努力している間に、クロにも、エテルの人となりがなんとなくわかるようになってきた。

気高く、強いだけではない。エテルは己を厳しく律するタイプだ。女色や贅沢《ぜいたく》を好むそこらの生臭神官とは対極にある。

――まあ、ニヌルタの神官はけっこうみんな真面目だけど。

それでも、エテルの潔癖さはきわ立っている。常に国内の平定を第一に考え、研鑽と祈りを欠かさず、甘い人間関係はない。

そんな主君を相手に、世俗のような親密な関わりなどあるはずがなかった。できることといえば、戦場で役に立つことと、いつ、どんな時でも駆けつけられるように、目に入らない程度のところで控えていることくらいだ。

――それでも期待するのはやめられなかったけど……。

ずっと一生このままだろう、と自分に言い聞かせてはいたものの、想いは消せないままだ。

何年も、何年もそうしてきた。

——だいぶ、耐性が付いてきたと思ったのに。

長い忍耐の歳月によって、従神官たちのように、〝生涯に一度、微笑みかけてもらえたら本望〟という程度まで辛抱強くなった。それでも、駄目なのだ。

たった一度その眼差しをもらっただけで、決意など砂のように脆《もろ》く崩れてしまう。

見つめてもらうと胸が高鳴る。微笑んでもらったら、もう視線を外すことはできなくなった。

——触れてもらって、枕として使ってもらって……。

願いが叶うたびに、心が際限なく欲張りになっていく。

もっとエテルを感じたい。もっとその身体を抱きしめたい。できることなら、獣の姿ではなくこの腕で抱きしめたい……。

無意識の望みが、行動になってしまったのだと思う。目が覚めたら人の姿を取っていた。それも、はっきりと欲情を示した状態で。

よりによって、なぜあんな状態の時に人の姿になってしまったのだろう。しかもエテルにもしっかりバレてしまった。

《私に欲情したのか？》

——肯定なんか、できるわけがない。

人工の湖に、朝陽がきらきらと反射して輝いている。

――エテル様は、王の次に尊い立場のお方だ。

なぜ、急にエテルが触れてくれたのかはわからない。天地がひっくり返ったような幸運だけれど、さすがに身分の差までは解消してくれないだろう。

エテルと情を交わす……。枕代わりにしてもらうとかいうレベルではない。しかも、自分が抱きたいのだから。

――そんな恐れ多いこと……許されるはずがない。

自分が身体を差し出すという形なら、主君がお気に召した場合はあるかもしれない。だが、自分の望みは逆の立場だ。いくらなんでも、エテルを組み敷いて……というのは罰当たりすぎる。

――でも……。

いくらそう言い聞かせても、肌で味わった、あの蕩《とろ》けるような吐息が忘れられない。なめらかな肌。預けられる身体の心地よい重み。思い返すだけで身体の芯が熱くなって、ぞわりと衝動が込み上げてくる。

もっとエテルを感じたい。もっと、もっと……。

――駄目だ……。

気持ちが込み上げてきて止められない。クロは両手で頭を抱えた。

――こんなこと、考えたら駄目だ。

主に欲情する従属物など、あってはならないことだ。クロはやり場のない熱を消してしまおうと、獣の姿に戻ってひたすら走った。

「なんだお前、どこへ行ってたんだ」

王宮の外壁沿いを何周も走って、クロはようやく自分たちの神殿に割り振られた部屋へ戻った。もうエテルは諸神殿との打ち合わせで出かけてしまい、留守だという。ニヌルタからの定期通信で来ていた従神官とヨムが話をしていて、ひととおり終わってからぽんと頭を叩かれた。

「お前がいなかったから、ナハルがお付きで出ていったんだぞ」

「……すみません」

でも、エテルに会わずに済んでホッとする。今、ほかの人の前でエテルの顔は見られない。

「どうした？」

「いえ……」

――相談なんか、できない。

主君に欲情しているなどと知られたら、激怒されること請け合いだ。そうでなくても、エテルの枕代わりになれたこと自体が、〝抜け駆け〟なのだから。

「なんでもないです。俺、ちょっと出てきます」

「おい、行先は言え」

「走ってきます！」

「はぁ？」

不埒《ふらち》な想いは、体力を消耗させて消すしかない。そうでなければ、エテルの部屋に戻れない。

クロは、また獣態になって城の外壁沿いを走った。

そして夜半になった。走り回っても少しも体力が削《そ》げない。クロはあきらめて服を着て、中庭で素振りをした。あまりに長いこと走ったので、城の警備兵が何事かと誰何してきたせいでもある。

——体力がありすぎるのも、考えものだな。

ずっと、エテルの守護獣に相応しい強さを……と思って鍛錬してきた。だがそのおかげで、何をやっても邪念を消しきれないほどの体力になっているのは皮肉なことだ。

「くそ……っ……」

眉間に皺を刻み、鋭く空《くう》を斬って剣を振り下ろす。ビュッという音が夜の空気に響いた。

「……いったい何をやってんだ？　お前は」

「ヨムさん……」

豪快な体軀に三つ編みを揺らしてヨムが笑う。

「お前があんまり派手に走り回るもんだから、こっちにまで問い合わせが来たぞ。〝おたくの守護獣が城壁を嗅ぎ回ってるんですが、何か敵襲でもあるんですか〟だとさ」

「……すみません」

「何か悩みでもあるのか？」

クロは首を横に振る。言えるわけがない。

「体力を消耗させたいだけです。何も考えられなくなるくらい疲れたら、ぐっすり眠れるかなと思って……」

深刻な顔をしたつもりなのに、ヨムはガハハ……と笑って背中を叩く。

「なんだ、悶々として眠れないのか！」

「な……なんでそういう話になるんですか」

ヨムは陽気な顔を近づける。

「ばーか、年頃の男が眠れなくて体力を発散してるなら、十中八九それだろ」

「……」

的中していて、返事もできない。クロは黙って赤面した。

ヨムは〝ほらみろ〟と笑う。

太い腕で首っ玉を抱え、ヨムは面白そうに囁く。

「疼いて寝れないなら、女を紹介してやる」

どんなのが好みだ、と聞かれてクロは慌てた。

「い、いいです、そんなんじゃないんで」

「恥ずかしがるなよ。王宮には馴染みの宮女がいるんだ。どんなタイプでも紹介できる。お前なら、誰でも喜んで相手をするぞ」

「いや、いいいいです、いいですからっ！」

クロは振り切って逃げた。

「おい、クロ！」

「お、俺、そろそろお部屋の番をしに行かないといけないから」

しどろもどろになってヨムから逃げる。このままでは本当に女性を世話されてしまいそうだ。

――ほかの従神官の艶話とか、聞いたことはあるけど……。

エテルへの忠誠心は本当だと思うのだが、彼らにとって、性欲発散とエテルへの想いは、どうやら矛盾なく共存できるらしい。

――俺には、とてもできないんだが……。

見上げると、エテルの部屋が目に入る。王のいる最上階の、すぐ下だ。

「…………」

部屋は、そこに人がいようと無人であろうと、常夜灯りがついている。

――エテル様……。

気持ちに整理がつかないのに、あの部屋にエテルがいるかもしれないと思うだけで想いが込み上げてきた。傍に行きたくて、また頭を預けて眠ってほしくて、足が部屋へと向かい始めてしまう。

けれど、階段を上り始める身体とは裏腹に、足自体は重くなっていく。

逢《あ》いたい、けれど、自分の過ぎた望みを抑えることはできるだろうか……。

――しっかりしろよ……お前は、守護獣だろ。

螺旋《らせん》状の階段には窓があり、振り向くと中庭の先にある湖に煌々と月が照り返っていた。

水面に一本の光の線ができていて、王宮の階段へと続いている。クロは足を止めてそれを見た。

――守護獣は主を守るのが役目だ。

ちょっと触れてもらえたくらいで、勘違いをしてはいけない。

「せっかく、安心していただけるようになったんだから」

あの、誰にも心を許さないエテルが、眠る時まで傍に置いてくれるようになった。アヴに言われてから、この四年間ずっと努力してきたことが報われたのだ。これで充分だと思うべきだ。

——俺は、エテル様の心を脅かしたりしてはいけないんだ。

眠りは、エテルが安心して心をゆるめるための時間だ。その時間と空間を守らなければいけない。

——がんばれ……俺。

すっと深く息を吸い込み、気持ちを整える。再び澄んだ青い瞳を開いた時には、もう身につけた寡黙な守護獣としての顔になっていた。

けれど、エテルの部屋のある階に着き、回廊の向こうにエテルの姿を見つけた時、クロの胸は刺されるように痛んだ。

——エテル様……。

遠くに白い聖衣と銀の髪が見えるだけで、心臓が煩いほど胸を叩く。クロはそのまま目を逸らすこともできず、エテルと見つめ合ったまま近づいていった。

エテルは、動かず待っていてくれる。

黒い大理石の床の両脇に、燭台の炎が揺らめいた影が投げかけられている。けれど、蠟燭の炎より、エテルの黄金の瞳のほうがずっと綺麗だと思う。

——駄目だ……好きだ………。

切ない気持ちが迫り上がってきて、消せない。

――許してください、神様……俺はエテル様が好きです。

主君として眩しく見つめながら、それだけではない感情を抱いていた。たぶん、子どもの頃からだ。

「……」

守護獣として、撫でて、傍に置いてもらうだけでは我慢できない。抱きしめて、その肌に触れて、もっと淫らなことまで望んでいる。駄目だと自制をしても、気持ちが溢れた。

部屋の入り口に辿り着いて、クロは俯いて必死に言葉を飲み込んだ。

――言っちゃ駄目だ。抑えろ……。

早く、いつもどおり「おやすみなさい」とだけ挨拶をしよう、そして獣態になったらエテルの傍で眠ることができる……そう思うのにできない。泣きたいほど好きだ。

葛藤していた時、小さく息を吐く音がして、気が付いたら腕を摑まれていた。

「来い」

――エテル様……。

驚いている間に、くるりと踵を返して白い聖衣の裾が翻った。腕を引かれた一瞬のせいで、クロは獣態を取り損ね、そのままエテルの後ろを人の姿で付いていってしまう。

エテルの顔が見えないままで、怒っているのかどうかもわからない。

混乱したまま寝台まで付いていくと、エテルはすとんとその端に腰掛け、バカみたいに突っ立っただけのクロを見上げてきた。

「お前は、どうしたいのだ？」

「……っ……」

「言ってみろ」

エテルは、曖昧に流す気はないのだ。

――……。

自分の気持ちは知られている。主君に浅ましい情欲を抱えたことをわかっているのだ。

――それでも、俺を嫌わずにいてくださった。

四年前のように、また拒まれてもおかしくないくらいのことなのに、ちゃんとこちらの意思を知ろうとしてくれているのだ。それだけで、胸がぎゅっとなるほど嬉しい。

――一度だけ……なら、望んでもいいだろうか。

恐れ多いことだ。でも、これだけなら、エテルも許してくれるかもしれない。

クロは跪いてエテルを見上げた。

「……一つだけ、お願いがあります」

この腕でエテルを抱きしめてみたい。それさえ叶ったら、もう二度とそんな不埒な真似はしない。

「抱きしめてもいいですか」

脳裏に、エテルが怪我をした時のことが甦る。おそらくあの時からずっと、自分のなかでエテルを抱きしめることが夢だったと思う。

「好きにしろ」

エテルは表情を変えない。

「お前の望みを叶えようと思ったのだ。したいようにすればいい」

「エテル様」

こんな、都合のいい魔法のようなことがあるのだろうか……クロは何度も瞬きをしてエテルを見つめ、こわごわと手を伸ばした。

そっとエテルの膝に乗っている白い手に触れる。

エテルの指先がぴくりと動いたけれど、それをぎゅっと握った。獣の身体で感じた指先を、自分の指でなぞるのは、心臓がバクバクいうほど緊張した。

長い、形のよい指。絡めるように触れると、エテルの頬がふわりと赤味を帯び、蕩けるような金色の瞳が眇められる。見たことのない表情に、クロは興奮して体温を上げた。

――エテル様……。

絡めた指をほどき、その腕をなぞるように両肩へと触れて、エテルの身体を抱きしめる。

――ああ……。

エテルを抱きしめている。この体温も匂いも、一生忘れない。

「……もう、思い残すことはないです」

「たいしたことのない望みだな。これで終わりなのか？」

「え……」

本当に、人生を懸けたくらいの想いで言ったのに、エテルの声はどこか苦笑めいていた。

肩越しに苦言がくる。

「それにしても、もう少し加減できないのか？　苦しいぞ」

「えっ……あっ……す、すみません」

慌てるけれど、二度と味わえない感触を簡単に手放せなくて、腕をゆるめただけでまだしつこく抱きしめている。恐る恐る横を向くと、エテルの微笑みが目に飛び込んできた。

——え……。

頭がふわっとするほど、エテルの微笑は強烈だ。呆然と見つめていると、ゆるんだ腕のなかからエテルの腕が動いて、背中のほうへ回っていくのがわかる。

——手が……手が……。

「欲情していたから、私と交わりたいのかと思っていた」

「……っ……っつそ、それはっ」

それは本音なのだが、どうしてエテルはそういうことをあっさり口にするのだろう。クロのほうが面食らって、顔を真っ赤にしながら口ごもってしまう。

「違うのか？」

「そ……そのとおりです……っ」

けれどそれは、到底許されるものではないはずだ。なのに、エテルは伏せ目がちに微笑むと、その形よい頭を胸に預けてくれる。

「ならば、好きにすればいい」

――ええ――っ………。

「エ……エテル様………っそ、そのっ」

これは、本当に許しを得たということなのだろうか。クロは預けられた身体の重みに鼓動を鳴らしながら戸惑う。目を閉じたエテルは、どこか楽しそうだ。腕のなかで、聞いたこともないほど甘い声を聞かせてくれる。

「お前なら、何をしてもいい」

――ああもう、心臓が破裂しそうだ。

この気持ちをどうしていいかわからず、クロは膝立ちのままエテルをぎゅっと抱きしめた。

「愛してます……エテル様……」

薄いけれどすんなりと均整の取れた背中を撫で、そのしっとりした銀色の髪に指を絡ませる。抱きしめた身体で体温と息遣いを感じ、五感でエテルのすべてをなぞった。

首筋に顔を埋め、エテルの髪から漂うほのかな柑橘《かんきつ》系の香りを吸い込む。それだけで、頭がくらくらしてしまう。

――これが、エテル様の身体……これがエテル様の肌……。

唇がエテルの首筋に触れてしまい、夢中でその肌に押し当てた。

――ああ、気持ちいい。

好きな人に、唇で触れていることにドキドキする。そして押し当てているだけでは満足できず、唇を開いて甘噛みするように肌を咥えると、無意識に吸い上げてしまっていた。

手で触れるように、舌でその肌を味わいたい。その弾力のある白い肌にむしゃぶりつき、ざらりとした舌で舐めて肌を濡らしていく。

「……ん……っ」

甘く、官能的な呼吸がエテルから漏れた。クロは思わず耳と尻尾を出してしまい、そのあえかな呼吸に耳を震わせてしまう。

同時に、下腹部にじんと熱い衝動が生まれた。

「エテルさ、ま……」

悩ましい声に狂暴な熱が込み上げて、腰全体にじわりと広がる。クロは眉間に皺を刻み、熱い息をこらえた。駆け上がってくる情欲で、エテルを引き裂いてしまいそうだ。

——ああ駄目だ。我慢できない。

自分でも、ここまで激しい気持ちになるとは思わなかった。クロはエテルを傷つけてしまわないように、猛《たけ》ってくる感覚を必死に抑えてみる。

エテルの声が頭上でした。

「言っておくが、私は女性との手順しか知らないからな」

「はい……」

任せておけ、とはさすがに言えないが、クロのほうは知識がある。

ロークは、雄の場合だけかなり早期から性教育される。それは、ロークの特殊な事情のせいだ。

半獣のロークは、人間と番《つがい》になることでしか子を得られない。それも、人間のほうではロークの子を孕めないのだ。その代わり、ロークのほうは雄でも雌でも子を腹で育てることができる。

つまり、ロークの雄が子を得ようと思ったら、自分が産む側になって人間の男を伴侶にするしかない。そのため、一人前になって群れを出ていく前に、同性同士の手順をひと通り教わる。

――それに、兄貴たちのも見てたし。

兄弟のなかで一番早くに性徴をみた兄が、自慢げにそれを話した。男兄弟たちは興味津々で、姉たちには内緒の集まりが何度もあったのだ。

ただし、知っているのはそこまでで、残念ながら実践経験はない。

――エテル様を、満足させられるだろうか……。

プレッシャーで、思わず顔を上げてエテルを見る。

我を忘れてエテルの肌に貪りついてしまったが、もっとエテルに気持ちよくなってもらいたい。

「エテル様は、どうしてほしいとかないですか」

毛並みに触るのは好きなのではないかと思う。できれば、人間の姿のままで抱かせてほしいけれど。

言ってくれと頼んでみたが、エテルの答えはそっけない。

「……特にない」

でも、目を逸らしている。顔を背けられるのが嫌で、クロは両手でエテルの頬を包んだ。

「本当ですか？」

「っ……」

自分の手のほうがエテルの頭よりずっと大きくて、頬を包んだつもりが、ほぼ頭を抱きしめている。

耳まで手で塞がれてしまったエテルが、頬を赤らめた。

「お前の手は、何をしても気持ちいいから……なんでもいい」

——エテル様、目が泳いでる。

「ほ……本当ですか…っ」

逃げ腰の身体を寝台に押しつけ、エテルが逸らしたほうへ顔を近づけると、エテルは顔をしかめながら言う。でも、頬はまだ赤いままだ。

「っ……いちいち確認を取るな」

「はい」

もう答えなくて済むように、クロは手で両頬を包んだまま、その唇を塞いだ。

「……ん……っ……」

——やわらかい……。

うっとりするほど心地よくて、生々しい感触で、ただ押し当てているだけなのにたまらない気持ちになる。

やがてエテルの唇がわずかに開かれて、熱い吐息が漏れた。

頬を掠《かす》めていく熱と、エテルのかすれた呼吸が耳に響いて、腰までぞくりと何かが走っていく。クロは本能的に顔を傾けて、開きかけたわずかな隙間を唇でこじ開けた。

「んっ……」

上唇がめくれて、口腔《こうこう》の生々しい感触に頭の芯がくらりとする。まるで食いつくようにエテルの唇を吸い上げ、わずかに触れた舌を見つけると、獰猛《どうもう》に舌を挿《さ》し入れてその感触を追い求めた。

エテルの頭が逃げるようにもがいているのに、がっちり押さえて口腔を犯してしまう。

「ん…っ……んんっ……」

――ああ、エテル様……。

漏れる悩ましい声に、どうにかなってしまいそうだ。必死に理性を掻き集めて、エテルが苦しくないかを測ってはいるけれど、エテルの舌を捉え、強く吸い上げるのをやめられない。

蠢《うごめ》く舌の感触に、脳が沸騰しそうだ。

――足の間が、硬い。

密着させている身体が、エテルの反応を伝えてくる。もちろん、自分の反応も知られてしまうのだが、むしろ痛いほど滾《たぎ》ってきたその場所をどうにかしたくて、クロはエテルの膝を割り込むように身体を進め、ごりごりとその熱を擦り付けた。

「あ……」

エテルのそれと布越しに擦れ合うだけで、ぎゅんと腰全体に快感が走っていく。

エテルの形よい唇から、明らかな快感の声が漏れる。クロも熱い息を吐きながら、その痺《しび》れるような快感に振り回された。

――ああ、駄目だ。

気持ちよすぎて止められない。布を隔ててもくびれている場所がわかるほどで、硬く勃《た》ち上がった肉茎を擦り合わせ、エテルの腰がビクビクと震えるのにさらに興奮してしまう。

互いの呼吸が淫らだ。

エテルの手が空を掻いて、身体をずらそうとしている。それが、張り詰めた肉芯の限界を伝えていたけれど、離したくなかった。

「んんっ……っ……ぁ、ぁ……はな、せ」

逃げる腰を引き寄せるために、両手を頬から離した。エテルの制止命令を振り切って、なめらかに隆起した尻を摑む。エテルの背がビクリと撓《たわ》んだけれど、クロは無視して摑んだ双丘を揉《も》みしだき、身体を押しつける。

「やめ、ろ……ぁ……」

「すみません……止まらなくて」

尻を摑んだまま、反り返って雫《しずく》を垂らした肉茎で相手のそれを擦る。クロの荒い息と、エテルの速い呼吸が耳に響いて、自分の呼吸がより激しくなっていく。

「ぁ……あ、あ……っん」

エテルの切なそうな声が響き、絶頂に近いのだとわかった。腕を摑んできて、密着した身体を離そうとするのを無理やり抱きしめる。腹に挟まれた互いのものが、ほとんど同時に白蜜を噴き上げた。

「ああ……っ」

「エテル様……っ」

息が荒い。身体を突き抜けていく快感に、クロはしばらく息が整わなかった。

――それに……。

細い指に摑まれた腕も、爆《は》ぜた熱を感じる下腹部も、まだ抱きしめていられるエテルの身体すべてがたまらなく心地いい。

やがて、呼吸を抑えて、腕のなかでエテルが低く口を開いた。

「離せと言ったのに……馬鹿者が」

「好きなようにしていいと、おっしゃったじゃないですか」

「……」

頰を染めたまま睨みつけられても、嬉しいだけで威力はない。尻尾が正直に揺れたら、エテルに怒られた。

「喜ぶんじゃない」

「すみません」

謝ってみるけれど、嬉しさに顔がゆるむのは止められなかった。

エテルと抱き合った。互いの身体に興奮して精を放ったのだ。心地よくて、幸せで、エテルの憤慨した顔さえうっとりと見てしまう。

怒濤《どとう》の衝動を吐き出して、少しだけ落ち着いた。クロはエテルを抱きしめたまま自分も寝台に乗り、エテルの後頭部を手で支えながら、そーっと寝かせる。

エテルの服を、脱がせてしまいたかったのだ。今しがたの逐情《すいじょう》で衣は濡れてしまっただろうし、何よりも、それを口実に素肌に触れたかった。

エテルはまったく抵抗せず、されるがままになっていてくれる。

——エテル様を上から眺めるなんて……。

こんな光景は初めてだ。それだけでも興奮するのに、服を脱がせてもいいのだ。クロは、みっともなく駆けだそうとする呼吸をなるべく抑えながら、ぴっちりと閉じられたエテルの聖衣の襟に手をかけた。

襟を留めている複雑な飾り紐をほどき、白い胸元を露わにする。主を裸に剝いているのが自分の手だということが、ゾクゾクするほどの背徳感をもたらす。

肩から袖を抜き、臍の辺りまで衣を剝ぎ、薄紅色の乳首を見てしまったら、抑えていた淫らな息を吐いてしまった。喰《く》い付きたいような視線で見つめていると、エテルが顔をしかめる。

「この身体の何がそんなに面白いのだ？」

憧れていたのはナハルのような身体ではないのかと、真顔で聞くのが変な感じだ。

「エテル様みたいな身体になりたいというわけではないです……エテル様に触りたいだけで」

透明感のある白い胸に手を這わせ、そのツンとした桃色の粒にさわりと触れる。ほんの少しだけ、エテルの美しい眉が動いたのを見て、クロは指先でくりっと潰してみた。

「っ……」

エテルが息を詰めている。そして小さな粒はよりいっそう硬く勃ち上がった。その淫りがましい反応に、クロも興奮してしまう。

「エテル様……ここ、気持ちいいですか？」

「……ふ……っ」

返事はないけれど、コリコリと粒が凝《しこ》ってエテルの吐息に艶が滲《にじ》んでいる。そしてその硬い粒の感触は、クロの指先をよりいっそう淫らな気分にさせた。エテルの吐く悩ましい声音を追って、クロは指先でその粒を転がし、取れそうなほどぷつんと膨れたそれを摘まみ、エテルの乱れた声を引き出すのに夢中になる。

「っ……は……っっ」

もっとこの声を聞きたい。クロはエテルの身体をまたぐように覆い被さり、その胸粒を唇で挟んで嬲《なぶ》る。エテルが片膝を上げ、ピクリと腰を動かしたのを感じて、さらに舌先で弄《もてあそ》んだ。

「ん…っ……っ……お前……いつまでそう…しているつもりだ」

「エテル様が、気持ちよさそうだったから……嫌ですか？」

中途半端に唇が胸粒に触れたまま言うと、見上げた先ではエテルが眉根を寄せている。

「嫌ではないですよね？」

「っ……」

言葉の代わりに、身体が反応している。さっき吐き出した肉芯は再び兆し始めていて、舌先で粒の先端を愛撫《あいぶ》するたびに、エテルの手が震えながら腕を掴んでくるのだ。

——もっと、気持ちよくなってほしい。

上気した頬も、刺激に反らされた喉も煽情《せんじょう》的で、主君への遠慮や自制心を振り切らせてしまう。クロは、胸から離そうとするエテルの手を掴んで、逆に寝台へ張りつけた。

重さを加減しながら膝でエテルの脚も押さえ込み、鋭敏になった乳首を責める。音を立てて乳暈《にゅううん》ごと吸い、粒を舌で捏《こ》ね潰し、エテルがあられもなく声を上げるのに任せた。

「っぁっ……や、ぁ、ぁ……やめろ……んんっ」

どんな制止も聞けない。その刺激でエテルが背を浮かせて喘《あえ》ぎ、一度爆ぜたその場所からたらたらと蜜を垂らしているのだから。

気持ちいいはず……そう思うけれど、口にする言葉が本当かもしれないので、クロは唾液で濡れたその場所から唇を離し、指の腹でゆるく扱《しご》いて聞いてみる。

「もっと……そっと触ったほうがいいですか？　このくらい」

「…っ……っ…」

「強いほうがいいですか？」

言って、とねだりながら、ものほしそうに屹立《きつりつ》している両の粒を同時に摘まむ。エテルが苦悶するように喘いだ。

「…っ……んんっ……ぁ、ぁ」

気持ちよすぎて辛い……と切れ切れに訴えられて、クロは未練を残しながら手を離す。

本当はもっともっとエテルの喘ぐ声を聞きたい。あの美しく淫靡《いんび》な胸の粒を、もっと味わいたい。

だが、すでにぷっくりと腫れた胸元を見ると、エテルにこれ以上の負担をかけられないと思う。

まだ涙目で息を乱しているエテルを眺め、クロは中途半端に肌を隠している聖衣に手をかけた。

長い衣は、エテルの腰の辺りを隠している。けれど、軽く立てた膝頭は露わになっていて、すでに吐き出した精で、純白の衣は卑猥《ひわい》に濡れている。エテルの背中のほうへ手を入れて腰を持ち、すっかり聖衣を脱がせてしまった。

　そのままがっつこうとエテルにのしかかると、顔をしかめて怒られる。

「お前も脱げ……革当てが当たって痛い」

「す……すみませんっ」

　守護獣の上半身はほぼ裸だが、首から肩、心臓部を覆っている革当ては、縁にも飾りがついているので、たぶん素肌に当たると痛いのだ。クロは慌てて当てものと下穿きを脱いで放り出した。

　日焼けで浅黒くなった肌が露わになる。こうして自分の身体と重ねてみると、エテルの抜けるような白い肌は、より艶《なま》めかしく見えた。

「いつまでもじろじろ見るな」

「そんな……だって……」

　――見ちゃいますよ。

　エテルは照れ隠しなのか、すごく気難しく眉根を寄せて顔を背ける。でも、目元は赤味が差していて、潤んだ瞳が、寝台の脇にある燭台の炎を映してよりいっそう美しく見えるだけだ。

　晒された裸体は、もっとクロをドキドキさせた。再び勃ち上がっている下腹部は、薄桃色に染まった先端に透明な雫が溢れていて、クロをたまらなく刺激する。クロは自分の怒張したものよりも、エテルのそれに惹《ひ》き寄せられて手を伸ばした。

　くちゅ…と指先で濡れた先端をなぞる。気難しい眉が、ピクッと動く。

「……っ…」

息を詰め、声をこらえているエテルを上目で見ながら、小さく震えている肉茎をゆるく握る。もっと、声を我慢できないくらい快感で追い詰めてしまいたい。

クロは肉感的な唇で、蜜を滴《したた》らせる場所を含んだ。

「ぁ……っ……」

喉を反らせて声を漏らすエテルを、舌先で嬲りながらさらに責めていく。閉じようとする両腿《もも》を身体と手で無理やり広げて、エテルがあられもなく悶《もだ》えるのを熱く見つめた。

「ぁ……ぁっ、…ぁ、や……やめろ……ぁあっ」

股間に顔を埋め、張り詰めたものを口のなかでさらに育てる。エテルが必死になって頭を摑み、離そうとするけれど、やめなかった。

――エテル様のが、興奮してる……。

口のなかで、耐えきれずに透明な雫が何度も小さく噴き出す。抑えきれない快感を身体で示されて、止められるはずがないのだ。エテルの声が切羽詰まって悲鳴のようになっているけれど、その声はクロをさらに昂《たかぶ》らせるだけだった。

「ぁあっ、あっ、あっ……んっ……あっ、ほ、本当に離せ……っっ、んっ」

出るから……と言われても駄目だ。腰を浮かせて震える身体を、もっと乱れさせたくなる。

じゅっ、じゅっと嫌がるエテルの肉芯を吸い上げて上下し、起き上がって拒もうとする上半身を、もう片方の手で押さえた。

充血した乳首が指先に触れる。つい先ほどの悩ましい興奮をまた味わいたくて、押さえながらその指先で粒をコリコリと捏ねると、哀訴のような悲鳴に変わった。

「ぁああっ、んっ、や……ぁ」

――本当に、ここが敏感なんだ……。

口からその下芯を離さないまま、エテルが快楽に振り回されているのを見つめた。

――すごい……綺麗だ……。

しなやかに背を撓ませ、頬を染めながら苦悶して喘ぐ。淫らな芸術を見ているようで、エテルのそれが絶頂してしまうのが惜しい気がしてしまう。クロは吐精しそうな予兆を口腔で感じて、根元を指で押さえた。絶対に射精できないようにしておいて、先端の孔《あな》を舌先で弄《いじ》る。

「っつぁ……ぁっ……ぁ、ぁ…は…」

細い指先がクロの髪を掻きむしり、甘苦しい快楽の切なさを伝えてくる。わかっていてもやめられなくて、鋭敏なくびれの縁や亀頭をざらりと舐めて嬲ると、エテルは身体の内で絶頂を繰り返した。

「……本当に……っ……やめて……くれ……ぁ……ぁぁっ」

出したいと切なげに訴えられる。クロ自身も、とっくに自分のものが限界を迎えていて、触れもしないのにたらたらと蜜を滴らせていた。クロは口を離し、身体をずり上げてぴったりとエテルの身体と重ね合わせた。

エテルの脚を身体で広げさせ、二本の膨張した肉をまとめて掴む。エテルは息を荒らげながら、重なってきたクロに目を向けた。

快楽に潤んだ瞳と、熱い息がクロに向けられる。クロはそのまま自分の雄でエテルのそれを擦り上げ、一緒に上り詰めた。

全身で、エテルの絶頂を味わいたい。

「はぁっ、ぁ……ぁ……あ、あっ！」

ぎゅっとエテルの腕に引き寄せられる。握り合わせたものが、エテルの短い嬌声《きょうせい》とともに弾けて、淫らな蜜を腹に放った。

「エテル様……っ」

しがみつかれるのが、たまらなく心地いい。クロは重みをかけないように気を付けながら、エテルの首元に顔を埋めた。

胸を激しく上下しながら、エテルが小さく恨みがましい声を上げる。

「離せと言ったのに……わざと焦《じ》らしたな…………」

すみません、と苦笑しながら謝ってみたけれど、やっぱりエテルには怒られた。


人の姿のまま抱き合って眠り、翌朝目が覚めた時の幸福感はたとえようがなかった。

クロはエテルを起こさないようにそうっと薄目を開けて、すっぽり腕に収まったエテルを眺めた。

バルコニーのほうから朝の光が差し込んで、寝台の頭側にかけられた薄布をぼんやりと浮かび上がらせる。心なしか、エテルの氷のような銀色の髪も明るく見えた。

繊細な睫毛に縁どられた目は閉じられたままで、頬に薄く影を落としている。形のよい唇も、なめらかな頬も、生きているのが不思議なくらい美しいと思う。

——エテル様……。

このままずっとこうして抱きしめていたい。けれど、従神官が起こしにくる前に、寝台から出ておかないといけない。

ものすごく後ろ髪を引かれながら、クロは静かに身体を離し、腕枕にしていた右腕を抜こうとした。

「ん……」

まだ夢のなかにいるエテルが、無意識に寝返りを打ってクロの身体に抱きついてくる。クロはばくんと心臓を高鳴らせて、しなだれてきた腕を受け止めた。

——あーもう、誰に見つかってもいいかも……。

いつもぴったりと寝台を覆っている幕は、勢いでなだれ込んだので頭のほうに寄せてまとめられたままだ。もしこれを目撃されたら、言い訳はできない。

でもいい。エテルに抱きつかれる幸福のほうが勝る。

——エテル様の腕って、あったかい。

指先はけっこう冷たいのに、身体は温かいのだ。ごろりと寝転がり、エテルを上に乗せるように抱きしめると、胸にエテルの寝息がかかる。気持ちよすぎて、朝から身体が疼きそうなくらいだ。

きっと、このままもうしばらくはエテルの重みを味わえると思う。

——エテル様、寝起きはかなり悪いほうだからな。

獣の姿で枕代わりになっていた時も、エテルは朝はなかなか起きられなくて、いつまでも寝返りを打っていた。あの時はあれが嬉しくてたまらなかったのだが、人の姿だと、脚を絡ませて全身で触れていられるから、もっと気持ちいい。

いつまでもいつまでもこのままでいたい……浸りきってそう思うけれど、ぴょこんと飛び出した獣の耳が、ピクリと反応した。回廊の向こうから近づいてくる足音が聞こえる。

歩調と足音の響き方からして、たぶんアヴだ。

クロは残念な気持ちに眉を下げながら、エテルの髪をそっと撫でて起こす。

「エテル様、朝です」

「……」

——起きないな……。

「エテル様、ほら……人が来ますよ」

少し肩を揺すってみたけれど、まあ普段でもこんな程度では起きないとわかっている。

「……ん」

「エテル様……」

エテル唯一の弱点だ。神殿や戦場での厳かな姿からは想像もできないが、エテルはすぐにしゃっきりとは起きられない。

——まして、昨日は体力を消耗しただろうし……。

情交というほど本格的なことはしていない。けれど、精を吐き出したのだから、それなりに体力は使っただろう。いつもより起きられないとは思うけれど、足音はどんどん近づいてくる。

「エテル様、起きてください……エテル様」

もういっそ、息ができなければ起きるだろうかと、唇を塞いでみる。すると、ふわんと曖昧に微笑んだエテルが目を開けた。

「クロ……」

——うわあ……。

焦点も合わないほど近い位置で、エテルが甘く名を呼ぶ。すり……と腕が肩の辺りを撫でていて、クロは動転した。

——エテル様は、寝ぼけてるんだ……。

絶対そうだ。でなければこんな甘ったるい声を出したりしない。

——ああでも……でも……このまま起きないでいてくれたほうがいいかも。

天にも昇りそうなくらい嬉しい。一気に興奮してぎゅうぎゅう抱きしめたら、逆にエテルが目を覚ましてしまった。

「苦しいぞ……朝から何をしている」

「あ……」

覚醒してしまうと、もういつものエテルだ。あの甘い瞳はもうどこにもない。さらに、どけ……と手で押されて、理不尽な叱責《しっせき》に尻尾が丸まる。

——エテル様が手を伸ばしてきたのに……。

ぎゅうぎゅうやらかした自分も悪いのだが、釈然としない。けれどアヴの足音が迫っていて、クロははっと気を取り直した。

「アヴさんが来てます、ちょっと失礼します！」

ぱっと身体を離して起き上がり、両脇に止めてある幕紐をほどくと、獣態になって寝台から駆け下りた。たっぷり取られた幾重もの薄布がふわりと落ちて寝台の両側を覆い、回りきらない足元側へは、クロが口に咥えて引っ張る。ちょうど閉じ切ったところで、アヴが部屋の入り口で拝礼した。

「お早う御座います、エテル様。お目覚めでしょうか」

「……今起きた。しばらくあとにしてくれ」

「かしこまりました」

アヴが恭しく顔を上げた時、クロは寝台の足元で膝を折り、大型の番犬さながらの姿でアヴを見下ろしていた。

——危なかった——。

鋭く狼らしい眼を向けながら、クロは内心で冷や汗をかいた。

八　シャマシュ神殿の守護獣

エテルは午前中に式典に関わる調整をこなし、午後になってクロを伴って、中庭に向かった。

クロは普段、日中は人の姿をしているのに、今日はずっと獣態のままだ。どうしたのか尋ねてみたが、大丈夫だと目で答えるだけだ。

どうにも理由がわからなかったが、二人きりで中庭に向かってから、ようやく察することができた。従神官たちの目がなくなった途端、クロが張り詰めていた気配をゆるめたからだ。

――そうか……。

従神官たちに知られたら、身分がどうのとがめられるのかもしれない。彼らは真面目なうえ、神殿の決まり事に厳格だ。クロは〝守護獣の分際で〟と怒られてしまうのだろう。

――私は気にしないのだが。

昨晩は心地よかった。クロに好き勝手にやられたような気もするけれど、こちらに快楽を与えようとしていることはわかった。

――それに、やはりクロの肌が触れるのは気持ちよかった……。

獣の姿でも心が安らかになったけれど、人の姿で抱き合うのはまるで別なことだ。本当に、クロになら何をされてもいいと思った。

《愛してます……》

青く澄んだ宝石のような瞳と、熱っぽい声が告げた言葉が甦る。

――クロ……。

あの告白に、心がとろりと蕩けてしまった。エテルは、今も胸を疼かせる声音に、知らぬうちに頬を赤らめてしまう。

言葉で言われただけなのに、なぜこんなにいつまでも幸福感に包まれるのだろう。

最初にクロの望みを叶えようと思った時は、身体の交わりだけを考えていたのだ。けれどクロの告白を聞いてしまったら、その手も眼差しもまるで違う意味を持った。

主神官として、常日頃から人々の尊崇を受ける立場だ。従神官たちのように、身も心も捧げられることには慣れっこだったはずだ。

――なのに、自分が自分でないような感じになった……。

愛していると言われただけで、絶対に理性で抑えられると思っていた感情が、甘く声や態度に出てしまう。クロに抱きついたり、衝動に駆られて唇を貪ったり、自分の乱れっぷりを思い返すと、なかったことにしたいほど恥ずかしい。

――だが、また……あんなことをしたい。

もっとクロと抱き合いたい。あの腕に抱かれて、熱っぽく見つめられたい。エテルは思い返して一人赤面した。

クロに抱きしめられた時の自分は、人には絶対に見せられない。声も態度も別人のように甘ったるくて、自分でも気恥ずかしいのだ。けれど、自制できない。

――それに……心地いい。

クロに身を任せている時の幸福感は、身体の快楽とはまた別なものだ。

――あんなに恐れていたのに……。

ずっと、自分のなかに誰かが土足で入ってくることが不安だった。誰かがそこに住んでしまったら、自分が自分でいられなくなるようで嫌だった。

確かに、自分が今まで守ってきた〝主神官エテル〟ではない姿になってしまう。従神官やほかの神官たちにはとても見せられない。でも、クロにだけなら、あんな姿を見せていい気がしている。

――こんな気持ちになるとは……。

日干しレンガの階段を下りながら、ふと斜め後ろを見やると、狼の姿をしたクロが、〝どうしました?〟というように小首を傾《かし》げる。エテルはわずかに微笑んで、そのもふもふの首に手を伸ばした。

「なんでもないのだ……」

クロは嬉しそうに目を瞑る。エテルも、黙って撫でられているクロの頭を掻く。クロ本来の大きさになってしまうと王宮ではやや威圧感があるので、エテルが神力で調整していた。ちょうど、ロバくらいの大きさだ。

「エテル殿、お茶会に来てくれたのかな」

「スモル殿」

振り向くと、スモル主神官が迎えにきてくれていた。後ろには彼の守護獣もいる。促されて歩きながら、今日は六つの神殿の主神官が出席していると教えてくれる。

「だんだん、遠方の神殿の主神官も到着してきたからね。賑やかになった」

式典は五日後だ。属州の使者も近隣の国からの使節も、続々と王宮に到着していた。

ふいに、スモルが妖艶な笑みでクロを見る。意味ありげな視線のまま何も言わないので、エテルのほうがつい弁明してしまう。

「獣態のまま来てしまったから、服がないので」

だから、クロは人の姿には戻れない……そう説明したつもりだけれど、スモルは面白そうな顔をしている。エテルは、スモルにすべて悟られているような気がして顔を赤らめた。

スモルにはその後の進展を報告していない。本当は、相談に乗ってもらったのだからどうなったかは伝えるのが礼儀だと思うのだが、気恥ずかしくて、自分からはとても言いにいけなかった。

——心配してもらったというのに。

やはり報告すべきだろうか……と思うけれど、クロの前では言いにくい。幸い、スモルは何も聞かずにほかの話題に流してくれた。

「席は私の隣でいいかな」

スモルが、四阿に入ってから振り返る。

「クロ、さすがに君は入れそうにない。エテル殿の後ろで控えていてくれるかい？」

四阿は、人数が増えてしまったために柱を建てて上に華やかな布をかけ、増設している。エテルは空いている端のほうに座り、クロは布を敷いていないその外側に大人しく蹲った。

車座のように主神官たちが座っていて、中央には果物や菓子を盛った銀高坏がいくつも並んでいる。宮女たちが席の間を縫うようにして茶を注いで回っていた。

エテルもよい香りのする茶を受け取り、しばらく顔ぶれを眺めていたが、ふいに気になってスモルに尋ねる。

「シャマイム殿の姿が見えないが……」

だいたいスモルとシャマイムは一緒にいるのだ。互いの神殿が近いというのもあるし、共通の趣味があるからしい。だが、指摘するとスモルは声を潜めた。

「実は、これ以上長引きそうだったら、君に相談しようと思っていたところだ」

スモルにしては、珍しく陰のある表情になる。

「守護獣が行方不明なんだ。今、うちの神殿の従神官たちも総動員させて探している」

――え……。

発端は、シャマシュ神殿の神像が盗まれたことだったらしい。

「主神官が王宮に滞在していて留守だ、絶好の機会だと踏んだのだろう」

この国の主神は、太陽神マルドゥクだ。シャマシュ神は古いほうの神にあたる。古き神を奪ってその力を借り、新たに国を興そうという者がいてもおかしくはない。しかも、この神殿は規模が小さく、神像も人間よりやや大きいという程度だから、人の手で運びだすことも可能だ。

盗難が発覚してすぐ、神殿から急使が来て、主神官と守護獣は奪還のために神殿へ戻った。

ただし、これは極秘だとスモルは言う。

「シャマシュ神殿はバブ・イルのおひざ元にあるからね。慶事の前に王に伝えてご不興を買うのもよくないし、下手をすればこれを機にお取り潰しともなりかねない」

シャマシュ神が主神と同じ太陽神であることから、この神殿は少し肩身が狭いのだ。幸い、場所が近いこともあって、主神官たちはさりげなく王宮を出て、不心得者から神像を取り返したという。

ただ、盗賊たちを追捕《ついぶ》している時に、守護獣タルネゴルの行方がわからなくなってしまった。

スモルも案じた顔をする。

「追跡したのは入り組んだ崖のある地域だ。どこかで怪我をして動けなくなっている可能性が高い」

毎日、鷹を飛ばして連絡を取り合っているが、まだ発見の報はない。

「今日の夜まで待って、まだ見つからないようなら、私がこの子と一緒に捜索に出ようと思っている」

不在をうまく誤魔化してくれないかと言われて、エテルは自分が捜索に行くと申し出た。

「足場の悪い場所なら、おそらくクロのほうが適任でしょう。それに、王に不在を知られるとしても、私のほうがとがめられにくい」

スモルが苦笑する。

「確かに、そうだね……カルデア一の主神官にお願いするのは申し訳ないが、君が出てくれるのは心強い」

スモルは案内人を付けると申し出た。

そしてその夜、鷹の伝書でやはり守護獣が見つからないことを確認し、エテルはクロと従神官を連れて王宮の南門を出た。


円形の外壁で守られた都を出ると、街道の両脇には豊かな穀倉地が広がっている。そしてゆったりと流れる川の後ろには、壁のような崖が左右に長くそびえていた。

天空には銀色の満月が煌々と輝き、夜道を明るく照らしている。エテルと従神官たちは馬を駆っていたが、クロは獣態のまま並走している。クロの嗅覚は案内人より的確に、崖の周辺で捜索している一隊を見つけてくれた。

野営をしながらタルネゴルを探している一隊は、援軍の到着に拝礼し、探した範囲を報告する。

「盗人《ぬすっと》を捕らえた場所からだいぶ左右に範囲を広げて探したのですが、今のところ発見できず……」

「そのほかに、何か見つけたものはあるか？」

手がかりとなる遺留品はあるだろうかと思って尋ねると、シャマシュ神殿の従神官が、思案しながら言う。

「それが……特に何もないのです。せいぜい焚火《たきび》跡を見つけたくらいで」

切り立つ崖のわずかな隙間に、狭い隊商通路がある。おそらく荷を積んだ隊商たちが野営をした跡だろうと従神官は言う。だが、エテルはそれが引っ掛かった。

――来る途中に街道宿があった。

都とこの場所の中間地点だ。都の入り口が閉まる時刻に間に合わなければ野営をすることになるだろうが、たいていの隊商は、すぐ先に宿場街があることくらい知っているはずだ。

――故意にこの場所に留まったということか？

「その場所に案内せよ」

「はっ……」

従神官が示した場所は、隊商行路からは少し離れたくぼ地だった。エテルは屈み込み、黒く残る焚火跡に手を近づけて、術の気配を感じ取る。

「呪師がいたな……」

「そ、それは……」

「何か、ここで呪術を使ったはずだ」

呪師は神の力を歪《ゆが》めて使う者の総称だ。あるべき大地の理《ことわり》を乱して術をかけるため、まるで残り香のように、その場所の気配がしばらく歪む。エテルは痕跡を探りながら呟いた。

「もしかして、シャマシュの守護獣は、呪術に絡めとられたのではないか」

ずっと事故を想定して捜索していた従神官たちが、はっと表情を硬くする。

もしかすると神像を奪うだけでなく、守護獣も奪って何かに利用しようとしているかもしれない。

――術でロークを霊獣のように操ったという故事もある……。

エテルは、後ろで控えているクロを目で呼ぶ。

「この術を使った者の気配を追えるか？」

焚火跡はもう数日が経過したものだ。いくら獣の鼻が鋭くとも、人の匂いはもう追えない。だが、術の歪みは、術をかけた者の身体から漂っている。エテルは神の力を光として集め、クロを撫でてその身体に授けてやりながら、痕跡を探させる。

しゅっとした青い瞳が、主を見て頷く。エテルは立ち上がってクロの灰色の背中を軽く叩いた。

「追え、私も行く」

クロが前足を折り、エテルを乗せた。エテルは連れてきたナハルとアヴに、あとから馬を連れて追ってくるように命じて、クロと一緒に崖を駆け下りる。

月は天空高く、空には雲一つない。エテルはしなやかに駆けるクロに声をかけた。

「乗り心地は快適だ」

「ウォン！」

嬉しそうに尻尾が揺れる。月に照らされて、長い影が街道に伸びた。

どうやらクロは、はっきり術の歪みが嗅ぎ取れているようだ。迷わず駆け続けていた。

「街中に潜伏している気がするのだが、どうだ？」

「ウォン！」

「そうか……」

少し先に石壁で覆われた小ぶりな宿場街が見えた。この時間だから門は閉まっているが、都ほど高い外壁ではないので、クロならひと飛びで乗り越えられるだろう。

「よし、では街中に入る」

頼むぞと首を撫でると、クロは気持ちよいほど大きく弧を描いて、石壁の向こうへと着地した。

エテルはその背から降りて、石畳で整備された街中を観察する。

――まだ潜んでいるなら、隊商宿だろうか……。

宿屋の多くは、一階が酒場や飯屋で、二階に寝泊まりする。街をまっすぐ貫く石畳の道は、両側に何軒も続く酒場からの灯りを反射していた。だみ声で笑う男たちや、楽を奏でる琴の音も聞こえる。

まず手前の宿から一軒ずつ調べていこうと足を踏み出すと、クロが鼻先でそれを止めた。

自分が行くから、ここにいてくれということらしい。

「危険はない。帯剣もしている」

だが、クゥンと控えめに唸って、クロは頭でぐりぐりと押してくる。危ないから駄目……というのだ。どうしても行かせてくれないので、エテルは仕方なくため息をついた。

「わかった。ここで待っている」

「ウォン！」

タッと長い毛並みをなびかせてクロが駆けだす。クロはちゃんと呪術師の気配を追えているから、きっと探せるだろう。狭い宿場街だから、こちらもすぐ駆けつけることはできるはずだ。

きっと大丈夫。もしもの時は、クロは必ず自分を呼んでくれるはず……そう信じられることに、エテルは軽く驚いていた。

――不思議なものだ。

兵力の衝突ならともかく、呪師や他国の神官が絡んだ諍《いさか》いは、常に主神官が最前線で力を振るう。主神官よりもずっと弱い人間たちは、守ってやらなければならない存在だった。

けれど、クロはこちらが守るべき存在ではなく、対等な相棒なのだ。

「……あんなに小さかったくせに」

腕のなかで尻尾をパタパタさせていた頃を思い出し、思わず笑みをこぼしてしまう。

――もう、私が案じることはないのだな。

おそらく、十二守護獣の誰よりも強いだろう。改めて、たゆまぬ努力を傾けてきたクロを心のなかで称賛する。

酒場のある通りからは、ぎょっとしたような声や空気が起きていた。クロの姿に驚いているのだろう。騒ぎがある程度続いたあと、ざわめきが小さくなり、やがてクロは人の姿になって戻ってきた。

一応、宿から拝借したらしい敷布を腰に巻いている。

クロは桃色の髪をした少女の守護獣を腕に抱いていた。どうやら両手と両足を呪術で縛られているらしく、そこだけ青く揺らめいて光っている。

「エテル様。タルを見つけたのですが、何か歩けないようにされていて……」

「エテル様……」

少女の守護獣が、クロの腕にしがみついて泣きそうな顔をしている。エテルはふいに胸のなかがもやもやしたが、顔には出さず、タルネゴルを石畳に下ろすように命じた。

クロがそっと彼女を置いて手を離す。不安そうな少女の頭を撫でているのを見ると、もやもやはさらに倍増した。

――だがまず、呪の解除だ。

縛っている手足の光に触れ、その歪んだ力を粉々にする。呪は脆い石を砕くように細かく崩れた。

「あ、ありがとうございます、エテル様！」

タルネゴルは跪拝《きはい》して深く謝意を示す。エテルも形式的にそれを受けて片手で頭に触れておいたが、心のもやもやは一向に晴れなかった。

――……。

言葉にしにくい。クロは獣態のままだと彼女を運べないから人の姿に戻ったのだし、手足を縛《いまし》められているのだから、ああして抱いて運ぶしかないだろうというのもわかる。

――なのに、なぜ私は苛立っているのだ？

クロの後ろを付いてきた見物人たちが、遠巻きに見ていた。

エテルが主神官の聖衣を着ているので、彼らでもエテルが神殿の人間だと認識できる。だから、突然現れた大きな獣も、守護獣だとわかったようだ。ざわざわとしているが怖がってはいない。

やがて、門の向こう側で従神官たちが開門を要求している声が聞こえた。神殿の割符《わりふ》を掲げれば、警備兵たちは真夜中であろうと命令に従わなければならない。

「エテル様！」

「タルネゴル様、ご無事で！」

それぞれの神殿の従神官たちが駆けつけ、片膝を突いて礼を取る。特にシャマシュ神殿の従神官たちは姿勢を正し、跪拝して謝意を表した。

「お礼の言葉もございません。早速、わが主にも報告の鷹を飛ばします」

「その前に、下手人を捕らえたほうがよいだろうな」

クロが酒場のほうを指さした。

「たぶん、まだ気絶していると思います。逃げられないように、寝台で囲いを作って重石《おもし》にしておきました」

シャマシュの従神官たちはクロにも拝礼し、守護獣の保護と追捕の二手に分かれた。エテルも、ナハルたちに援護を命じる。

しばらくして呪師は捕らえられ、エテルは何事かと取り巻いている人々に軽く説明し、再び門を開けさせて街を出ていった。

シャマシュ神殿は、バブ・イルの城壁の内側にある。

王宮は円形の都の中心部にあって、そこから東西南北に放射線状の参道が敷かれている。道は一直線に続いているけれど、王宮は周囲を円状に城壁が囲む、二重の円の構造をしていた。

主神マルドゥクのための神殿は王宮の内側にあるが、シャマシュ神殿のほうは参道沿いにひしめく城下町の一角にあった。この規模であれば、普通は十二神に数えるのもおかしくないくらいなのだが、古き神とはいえ太陽神なので、重要な神殿の一つとされている。

やや複雑な事情を持っているので、この神殿はいつも遠慮がちだ。エテルは、だからシャマイムのような、穏やかで波風を立てない人物が主神官に任じられたのだろうと思っている。

エテルと従神官たちは、主神官の身分を示す金の印章で都の門を開けさせた。下手人たちをどう処分するかは、被害にあったシャマシュ神殿の領分なので、念のため、捕縛した下手人とそれを見張る従神官を一緒に門外に留め置いている。

「エテル様、神殿には私とクロで送り届けます」

ナハルを護衛に付けるので、エテル様はどうぞ王宮にお戻りを……とアヴに言われたが、エテルは首を振った。

「よい……シャマイム殿も安否を気にしておられるだろう。私から経緯を説明するから、そなたたちは城に戻っておれ」

「し、しかし……」

供をするという従神官を退ける。

「護衛ならクロで充分だ。それより、この時間の開門となれば王にも報告が行くだろう。問い合わせが来るかもしれぬ。その時は、理由は私しか知らぬととぼけておいてくれ」

「はあ……」

申し付けると、アヴたちはしぶしぶという顔で引き下がった。

——……。

アヴが釈然としないのはわかる。従神官だけ王宮に帰るというのは変だ。だが、それでもエテルは無理を通したかった。

神殿へと向かうため馬と並走しているクロの背には、シャマシュ神殿の守護獣が乗っている。呪で縛められていたので、まだ手足に痣があって、クロが心配して背に乗せたのだ。

それは正しい。わかってはいるが、無意識に二人を見てしまう。

「……」

あの場所は、自分がいた場所なのに……。ふいに自分のなかの不満が言葉になって、エテルは己の思考に驚いた。

——もしかして……私は妬《や》いているのか？

相手は負傷した守護獣だ。歩けない者を乗せているだけなのに、自分は何を考えているのだろう。

けれど、それで急に何もかもがはっきりとわかった。クロが少女を抱いて運んできたことも、労るように頭を撫でたことも、ただ単に、気に入らないからもやもやしたのだ。

自分の思考にびっくりして、思わず手で口元を覆う。

――バカな……。

やきもちだと認めれば認めるほど、自分の感情がちゃんと見えてきた。

誰にも、やさしくしないでほしいのだ。クロには、自分だけを見ていてほしい。

――何を……私は何を考えているのだ………。

自分で自分の考えが恥ずかしくて、頬が熱くなる。

独占欲など、幼稚極まりない感情だ。そう自分を説得してみるが、気持ちはまったく収まらない。

それどころか、今、こうやってクロがタルネゴルを背中に乗せて走っているのが、本当に嫌なのだと自覚するばかりだ。

――嫉妬など……。

形のよい眉を顰め、感情を悟られないように手で顔を半分隠しながら、エテルは〝だから嫌だったのだ〟と後悔した。

誰かを心の内に住まわせてしまったら、こうやって相手の行動一つ一つに振り回される。

己の選択を悔いていても、今さら遅いのだとわかっている。エテルは眉根を寄せたまま目を瞑った。

もう、クロを心のなかから追い出すことはできない。

――こんな思いは、したくないのに。

誰かの愛情を失うのではないかと不安になったり、その感情を求めて追いかけるのは嫌だ。そういう不安定な状態でずっといるくらいなら、ばっさり切り捨てて独りに戻ってしまいたい。

――だが……。

クロを見るだけで、心がぎゅっと締め付けられるように痛い。

エテルは、できもしない選択を前に手綱を握りしめ、思い悩む感情を隠してシャマシュ神殿に入った。


「エテル殿、本当にすまない……ありがとう」

「いえ」

神殿では、主神官のシャマイムが入り口で待っていた。戻ってきた守護獣を抱きしめ、無事でよかったと労っている。

「どうして見つからないのかと、神に祈っていた」

呪術がかかっていたから、見つからなかったのだ。下手人が呪師で、城外に捕らえてあることを説明すると、シャマイムが深く頷く。

「どうりでわからなかったはずだ……」

下手人については、城門が開いたら彼自身が出向き、始末をつけてから王宮へ戻るという。主神官は桃色の髪を撫で、守護獣に身体を休めておくように促した。

「式典までは、王宮に伺候しておかなければならないからね。今夜は部屋で休んでいなさい」

「はい、シャマイム様」

少女は思ったより元気だ。静々と礼をしてから、去り際にクロに手を振る。

「クロも、本当にありがとう。このお礼は必ずするわね」

クロは獣態のままで何も言わない。エテルもこれで失礼しようかと帰りかけたが、シャマイムが、夜が明けるまで神殿に泊まることを提案した。

「どのみち、今から王宮に戻っても夜明け前で目立ってしまうだろう。昼なら門も開いているし、人の出入りも多いから目立たない。私も一緒に戻るし、どうかな……」

部屋はもう整えさせてあると言われて、エテルはその申し出を受けた。確かに、夜に出入りが何度もあると、不穏な動きだと思われてしまう。

「では、お言葉に甘えさせていただきます」

「とんでもない。元はといえば、こちらが手を煩わせたことだからね」

主神官自らの案内で、神殿の最上階にある部屋へ通される。

「街中の神殿だから、ニヌルタに比べると狭いかもしれないけれど……」

「いえ、充分です。お気遣いいただき、ありがとうございます」

部屋は大理石の床に絨毯が敷かれ、柱の間に掘り込まれたように寝台が作られている。市街地に建っているからか、視線を遮れるよう、バルコニーに繋がる扉は総透かし彫りになっている。こぢんまりしているけれど、繊細な美しさの部屋だ。

隣に用意されたクロのための部屋を案内したあと、シャマイムは階下へ下りていった。

二人きりになって、クロは自分にあてがわれた部屋の前でもの言いたげに見ている。〝一緒にそちらの部屋に行ってもいいですか〟と目が訴えていて、エテルはそっとその毛並みに手を伸ばした。

クロの、そんな視線で心が落ち着いてくることが本当は不本意だ。けれど、クロの心が自分に向けられていることにほっとしてしまう。

このまま、この首に顔を埋めてしまいたいと思っていた時、ふいにクロが人の姿に戻った。

目元が赤らんでいる。

「エテル様……」

中途半端に、クロの肩の辺りに手を置いたままだ。離そうとしたら、腕を摑んで引き留められてしまった。

「……あの、抱いて寝台までお連れしていいですか？」

どうしてだろう。けれど、クロが熱っぽい目でそう言うので、エテルは頷いた。

クロはいそいそと背中と腿裏に手を回し、抱き上げる。

――もしかして、私はクロにもわかってしまうほどあからさまな表情をしたのだろうか。

怪訝な顔をしながら、クロのするがままに任せた。

クロの嬉しそうな顔が不思議だ。切れ長になった青い瞳で微笑みかけられる。

「夢だったんです……こんな風に、エテル様を抱いて運びたくて」

不意打ちのような告白に、うっかり心臓が鳴ってしまった。

「ずっと前、エテル様に怪我をさせてしまった時、ナハルさんがこうやって運んでいたでしょう。あれが羨ましくて……」

自分も軽々と運べるくらいの体格になりたくて一生懸命食べたのだと、歩きながら笑う。

「ひどい動機だったんですが、そういう目標があったから、稽古も訓練もがんばれたし……」

おかげで夢が叶った……と静かに笑うクロは、男の艶すら感じられるほど精悍《せいかん》になった。

もちろん、動機は言葉どおりではないだろう。ほかにも、守護獣としての意識や目標があってのことなのだと思うけれど、それでもエテルの心のなかは穏やかになった。

自分のためにがんばってくれていたのだと思うと、胸が熱くなる。エテルはクロの首に腕を回して、その身を委ねた。

「そうか……」

クロがどぎまぎしている。けれどぎゅっと抱き直されて、エテルは幸福感で微笑んだ。

お返しに、首を抱いた腕を強めて耳元で囁く。

「あの頃のお前は、小さくて可愛かった」

びくんとクロの耳が硬直して、首まで赤くなった。

「あ、あの……っ。今は……」

大きくなったらまずかったか、と慌てて聞くのがおかしい。

見た目は落ち着いた男になったのに、クロの本質は少しも変わらないのだ。エテルはそのままクロの髪を掻き混ぜて見つめる。

「もちろん、今も可愛い」

ピクピクと耳が動く。クロの鼓動が速くなって、抱かれていてもそれが伝わってきた。

「……あの………」

昨日の続きをしていいかと、遠慮がちに足を止めて聞いてくる。わざわざ断りを入れるのがクロらしいと思いながら、エテルは肩口に頭を預けたまま問い返した。

「私は、そのつもりだったが？」

「エテル様……」

寝台はもう目の前だ。けれどクロはなかなか寝台に下ろさず、抱いたままでいる。

「俺……昨夜みたいなことは、もう二度とできないんじゃないかと思っていて……」

むしろ、どうしてそう思うのだろう。

「お前は私を愛していると言ったのに、なぜ一度きりなのだ？」

「……だって」

言いよどんでから、クロはエテルを抱いたまま寝台の縁に座り、覗き込むように顔を傾けた。

「エテル様のお気持ちは、わからなかったから……」

――私の……？

「俺は……俺はエテル様のことが好きです」

クロが思いつめた顔をしている。

「昨日は、きっと俺のために身体を許してくださったんだと思います。でも、エテル様はどうなんだろうって……もしかしたら、少しでも俺のことを好きでいてくれたりするだろうかって、ずっと、そればっかり考えてて……」

——そうか……。

クロの気持ちを考えていなかったことに、ようやく気付いた。

自分がクロの行動にやきもちを妬いたのは、クロの気持ちがほかの誰かに行ってしまわないか心配だったからだ。まして、相手の気持ちがどこにあるのかわからなければ、もっと不安だろう。

エテルはクロの頭を両手で引き寄せた。

見つめ合うようにクロの顔を手で向かせ、その問いに答える。

「もちろん、好きだ」

「っ……」

クロのすっとした瞳に、涙が滲んでいて、エテルはようやくクロの気持ちを推し量ることができた。

なだめるように、何度も髪を撫でる。

「お前が好きだ……可愛かった仔犬の頃も、今も」

「エテル様……」

横抱きにされていた身体はクロの膝の上に乗せられて、またぎゅうぎゅうに抱きしめられた。

「クロ……」

本当は苦しいのだが、その熱が嬉しい。エテルもクロの筋肉質な身体を抱き返し、引き締まった背から腰を撫でた。

好きです、と何度もクロの声が言う。それが心のなかに深く下りて満たされる。

二人とも、いつの間にか顔を傾け合い、より深く相手と唇を重ねた。

「……ん……」

やわらかい唇が触れ合って、蕩けるような心地よさを生む。吐息を交わすように相手を求めて、やがてクロの肉厚な舌が口腔に挿し込まれた。

――ああ……。

上顎をざらりと舐められ、口腔に濡れた淫靡な音が響く。ゾクゾクと腰のほうまで快感で震え、エテルは甘い吐息を漏らした。

「ん……ふ……っ……」

なんて気持ちいいのだろう。口のなかを淫らに嬲られて、愉悦に唾液が溢れて唇の端を伝っていく。

「ぁ……ふ……」

理性が甘く溶けていった。クロの骨太な指が、背中や腰をなぞりながら巧みに衣の裾へと下り、素肌へと忍び込んで服をたくし上げている。

「……ん」

――クロ……。

直接肌をなぞる手に、震えるほど感じてしまう。クロの手が、まるで身体を確かめるようにあますところなく愛撫していった。脇腹や背骨に指を這わされると、腹の奥に快感が伝わっていく。

「ふ……」

唇が離れた瞬間に、クロにするりと聖衣を脱がされた。精悍な貌に秋波を滲ませ、熱い吐息をこぼしてから、クロは照れくさそうに笑った。

「駄目ですね、どうやっても平静でいられない」

服を引き裂いてしまいそうだった……と聖衣を丁寧に床に置きながら言う。

「……どこが、いいのだ」

「？」

神官は、戦場に赴くのを例外として、基本的に神殿で暮らしているから、あまり陽にも当たらない。従神官たちの鍛え上げられた身体とは正反対の姿だと思う。けれど、体格に惹かれたのではないと言っていたから、ほかに理由があるのだ。

何がクロを惹きつけたのだろう。

「お前は、私のどこが気に入ったのだ？」

脱がす必要もなく、もとから裸のクロの胸元に触れて聞いてみる。クロは苦笑しながらその手に指を絡めて自分の口元に引き寄せた。

「全部です」

答えながら、指を食《は》まれる。思ってもみなかった悩ましい感触に、エテルは息を呑んだ。

「……っ」

ちゅぷ……と指先がクロの口のなかに入れられて、口腔の熱さを思い知らされる。ぴくりと脚の間が反応してしまい、エテルは顔をしかめて手を引っ込めた。

クロは笑っている。

「そうやって顔をしかめるところも、怖い顔も、不機嫌な顔も、全部好きです」

「……ひどい表現だな」

まるでいつも仏頂面をしているように聞こえる。でも、クロは微笑んだままだ。

「寝起きの顔も、寝ぼけた時の顔も、笑った顔も、全部です」

手を伸ばされ、頭を包むように引き寄せて耳元で言う。

「全部、エテル様のすることは全部好きですよ……」

「っ……ん……っ」

――こやつ……。

ずっと自分の傍で暮らしてきたくせに、どこでこんなたらしこんだ手管を身につけたのだろう。逃げられないように手でくるまれた挙句、耳朶《じだ》を悪戯《いたずら》のように嚙まれ、エテルは不覚にも腰が砕けそうなほどぐずぐずに感じてしまった。

精一杯顔をしかめて、崩れまいとしてみるけれど、すでに耳介《じかい》を指で擦られたり唇で弄ばれたりして、その刺激に小刻みに震えてしまう。

「エテル様は、本当に刺激に弱いんですね」

耳元で囁かれると、吐息が掠めて快さに耐えられない。

「っつ……ぅ……うるさい……」

「でも、もうここがこんなに」

「……ぁ……さ、さわるな……んっ」

脚の間に手を伸ばされ、拒んだ声も震えてしまう。凝り始めた芯ははしたなく上を向きつつあった。

「こういう、感じやすいところも好きです」

「……っ……ばか。そんなところが、好きになる……わけがないだろう」

強がってみたが、刺激に弱いのは本当のようだ。クロの胸にも手を伸ばして触れているのに、あちらは余裕綽々《しゃくしゃく》という顔をしている。

「なりますよ。エテル様なら、何をしても好きなんです」

「……っ……」

なぜか負けたようで悔しい。悔しいのだが、心のなかが安堵《あんど》にゆるんだ。

クロは、自分がどんな顔をしていても好きなのだ。乱れて喘いでも、我を忘れて感じていても、それも好きだというのなら、もう、この快楽に負けてもかまわないだろうという気になる。

「俺だけが、こんなエテル様を見られるって、ドキドキします」

脚を持たれて、クロの身体をまたぐように向かい合わせにされ、ぎゅっと抱きしめられた。

「俺だけに見せてくださいね。ほかの誰にも見せないで……」

——クロ……。

ぴったりと重なった胸から、クロの鼓動が響いてくる。エテルは陶酔したようにその胸に頭を預けた。

「ああ……もちろんだ。お前だけだ」

クロになら、何をされても許せる。

隙間なく合わさった身体の間で、互いのものが張り詰めていた。

――クロのほうが大きいな……。

太さや張りだけではない。腹が触れただけでも、硬さと熱さが違う。エテルは気になって少し身体を離し、クロの猛ったものへ手を伸ばした。

「だいぶ苦しそうだな」

「……っ」

ドクドクと脈打っているそれに触れると、クロが悩まし気に目を眇める。さすがに、この場所に触れられたら平静ではいられないらしい。

こらえるように短く吐く息が艶を帯びていて、エテルはよけいに指を絡めてクロのそれを煽《あお》った。

「エテル様……それ、ちょっと離してください」

クロがなぜ昨晩、こちらを煽ってばかりいたのかがわかる気がする。クロが切羽詰まったような顔をすると、自分も我知らず興奮に巻き込まれた。

もっとクロを興奮させたい。この切なそうな芯を絶頂させてやりたい。そう思って、熱くて硬いそれに指を絡ませ、淫らに扱き上げてしまう。

「エテル様……っ……そう、煽られると耐えきれないんですが……」

「耐えることはない」

なおも弄っていると、腕を摑まれて強制終了されてしまった。

「……その、エテル様に挿《い》れたいから……その……」

昨夜のようにただ放つだけではなく、身体を交わらせたいということなのだ。

「そうか……」

ならば、仕方がない。

ただ、その手順はよく知らない。昨日そう伝えてあるのだから、きっとクロがなんとかしてくれるだろうと思って、エテルはそのまま身体を委ねた。

クロが、そっと背中と頭を押さえてゆっくり後ろへ倒していく。昨夜もそうだったけれど、クロから感じる激しい衝動とは裏腹に、こういう時の手はとても繊細でやさしい。

すっかり男らしくなってしまったクロが見下ろしてくる。

「ほぐさないとできないので、少し辛抱してください」

こくんと頷くと、クロはエテルの両膝をもって軽く膝を立たせる。そして脚の間に顔を埋めると、最奥に舌を這わせた。

――え……。

「ま……まて……」

そんなことをするとは思わなかったので、慌ててクロの髪を掴む。けれど返事はなく、ただ、とんでもない場所を舌が蠢いていくだけだ。

「やめろ……クロ、まて……っ……」

――なんだ……これは……っ。

陰嚢《いんのう》の裏から秘部の間を、舌がざらりと嬲っていった。ぎゅんと感覚が凝縮して、そこから腰骨まで刺激が走り抜ける。じっとしていられないほどゾクゾクする感覚に、エテルは腰を浮かせて震えた。

「……っ……ん……、っ……」

じゅわっと腰全体に広がる感覚がたまらない。だんだん窄《すぼ》まった場所へと円を描くように集中していく舌に、エテルはクロの髪を摑んで抵抗した。

「は……っつ、離せ……ぁ……ぁ……っ」

舌先で入り口をこじ開けられる感覚に耐えられない。びくりと腰が跳ねると、クロの手でしっかり摑んで固定され、今度は刺激が来るのに動けなくなる。逃がしようのない快感が肉茎まで突き抜けていき、ビクビクと雫を噴き上げた。

「や……ぁ、ぁ、ぁ……ぁっ、ぁあっ、やめろ……ぁ」

おかしくなる……。クロの頭を必死で引きはがそうとしながら訴えたけれど、クロはまるで聞いていないかのようだ。舌はぬるりと内《なか》へ侵入を果たし、淫猥な音を立ててその環《わ》を濡らしていく。

「ぁあっ……っく……ん……っんんっ」

快感に、きゅっと足指に力が入ってしまう。腰全体がもどかしいほど熱くなっていて、触れてもいない肉茎と胸粒が張り詰めて震えている。

——あ……苦しい……。

昨夜さんざん愛撫に濡れた場所が、覚え込まされた指の感触を待ちわびて疼く。腰から突き抜けるように刺激が走り、尖《とが》った胸の粒がわなないた。

「あ……っ……あ」

甘苦しい疼きが辛い。無意識に両腕を寄せ、鋭敏になった胸を腕で覆う。それが結果的にクロの頭を下腹部に押し込めるような格好になってしまい、自分では見られないほど恥ずかしい姿になった。

「ぁ……っつ……ん、く……」

こんな感覚に、どこまで追い詰められるのだろう。波打つように身体のなかで起こるうねりに、エテルは息を乱しながらこらえた。

「クロ……っ……も、う……ぁ……っ、は」

解放してくれと訴えると、ようやく動きが止まる。ぬるっと舌が抜かれる感覚があって、クロが顔を上げた。

「指を入れますから、少し違和感があるかもしれません」

どうして、クロはあんなに平静なのだろう。エテルは眦《まなじり》に快楽の涙をこぼしながら、肩で息をして、返事もできない。

「痛かったら、言ってくださいね」

舌でほぐされた場所に、つぷ……と指が入ったのがわかる。クロが、気遣わしげに見つめてきた。

「大丈夫ですか？」

コクリと頷く。クロは身体でこちらの両脚を広げさせていて、片手でその場所を探りながら、もう片方の手のひらを胸に置いた。

「……すごい、硬くなってますね」

くりっと手のひらで撫でられて、エテルはその曖昧な刺激に喉を反らしてしまう。

「……っ」

やわやわと、触れるか触れないかぎりぎりでくる感触がもどかしくて腰を震わせる。そしてその刺激は腰だけでなく、クロの指も食い締めた。

「……っ……っ……」

出入りできない指が、身体の内側でくにくにと動く。上下からばらばらに来る刺激に、身体は小刻みに痙攣していた。

「エテル様、辛いですか？」

もし辛かったらやめると言われて、エテルはクロの腕を摑んだ。

「だい、じょうぶだ……だが、触るなら焦らさないでくれ……」

生殺しみたいな触れ方は、拷問のようだ。訴えるとクロはすみませんと謝って胸に顔を近づける。

指は下で蠢いたまま、クロは器用に胸の尖りを歯で嚙んだ。

「ぁっ……」

急に与えられた強い刺激に、思わず高い声が漏れる。クロは軽く歯を立てたまま、舌先でチロチロと先端を嬲った。エテルは耐えきれずに、甘い声で喘いでしまう。

「んぁ……っ、んんっ、ん……っ、ぁ、ぁ」

舌先で弄られながら、時々強く吸い上げられて、尾てい骨まで快感が伝わる。身体の内側でくにくにと動いていたものも、刺激に紛れて二本に増えていた。悶えながら、それが何度も出し入れされているのがわかる。

「あぁ……っつ」

圧《お》し広げられながら何度も抜き差しされるうちに、そこがじわじわと熱い波を広げていた。未知の感覚だ。

「だいぶほぐれたから……ちょっと試してみますね」

「は……ぁ」

クロが顔を離してくれたので、エテルはどうにか息を継いだ。あのまま責められ続けていたら、おかしくなりそうだ。

熱い息を吐きながら、クロが膝の間に場所を取り、自分の膨張したものをあてがっているのを、エテルはぼんやりと見ていた。

——そんな太いものが入るような場所だろうか……。

だが、クロはそうしたいのだ。だからエテルも、構えずにクロに身を任せた。

襞《ひだ》を押し分けてきたものは、指とはまるで別な質量だ。本当に飲み込めるのだろうかと一瞬戸惑うが、先端が押し込められると、あとは意外なほどすんなり挿《はい》った。

けれど、圧迫感は想像以上だ。ぐぐっと、硬くて太いものが内襞を掻き分けて奥へ来た。

「……は……」

「エテル様、苦しくないですか？」

クロが覆い被さってきて、心配そうな顔をする。エテルは腕を伸ばしてその肩を引き寄せた。

「大丈夫だ……動いても、いいぞ」

腹のなかは、受け入れるには大きすぎるもので痺れるほど圧迫されている。けれど、同時にクロの身体の一部が入っているのだという不思議な快感があった。

決して誰も触れられない場所。身体の内側に誰かの熱を感じる。ドクドクとした脈がわかるような気さえした。

「エテル様……」

クロはエテルの両肩を押さえ、自らの身体を最奥まで押し込めた。

「……っ！」

ズッと突かれて、声にもならない快感が広がる。

指でわずかに熾《おこ》されていた疼きが、内襞全体に染み通っていくかのようだ。

身体を貫くように抽挿が繰り返され、エテルは身体のなかを蠢いていく感触に、だんだん耐えられなくなった。ぐちゅっと押し込められる淫猥な音とともに、腹の奥が熱く蕩けていき、あられもない声を上げてしまう。

「は……ぁ……っ、ぁ、ぁっ」

——だめだ……あ、こんな……。

クロの熱い呼吸が、耳を刺激する。

「あ、あっ、あ………」

快感の波が襲い、エテルはずり上がって奥を突かれる刺激から逃れようとした。けれど、クロはがっちりと肩を押さえてそれを許してくれない。

「んっ、あ、あ……クロ……っつ」

頼むから身体を逃がしてくれと、腕を摑んで哀訴してみるが、クロも切なそうにそれを振り切る。

「エテル様、すみません……もうちょっとだけ……」

止まらない……と詫びながらも、腰使いは激しさを増すばかりだ。エテルはめちゃくちゃな責め方をされて喘いだ。

「あっ……っ、あ……ああ……んんっ」

息が続かない。快楽に潤んだ眦から、涙が伝い落ちる。突き上げてくる愉悦に頭を振ると、覆い被さっていたクロが、エテルの肩を肘で押さえて、頭まですっぽり手で抱えてしまった。

「ぁ……ぁ……も、う……ぁあっ！」

「すみません……っ……本当に、すみません」

「クロ……っ、や……は、あ、あっつ」

腹の内で、ズンと信じられないほど奥まで突かれ、クロが低く太い息を吐いた。

腹の奥に熱いものを注ぎ込まれた気がする。ぎゅっと頭を抱きしめられ、エテルはしばらく動けなかった。

息を弾ませていたクロが、小さな声で謝る。

「すみません……自制が、利かなくて」

「……お前は……謝るくせに結局好き勝手にやるな」

「……すみません」

そう言いながら、クロの声はどこか嬉しそうな響きをさせている。エテルは脱力して、汗ばんだその背中を抱いた。

――まあいい……それでお前が気持ちよくなれたのなら……。

そして二人で快い疲労に包まれ、抱き合って眠った。

翌朝、王宮に戻るために身支度をした。クロの装束は、シャマシュ神殿のものを借りている。

クロは聖衣を着せてくれながら、赤く腫れあがった胸を見て申し訳なさそうな顔をした。

「……すみません。痛かったですか」

本当に心配そうな目をしているので、エテルはそっと手を離させ、あとは自分で服を着た。

「大丈夫だ」

「でも……」

「ちゃんと気持ちよかったぞ」

むしろ、気持ちよすぎておかしくなりそうだった。しゅんとしているクロに教えてやると、クロは耳をぺたりと伏せながら、上目遣いで聞いてくる。

「あの……そ、それなら、王宮に戻っても、ずっと寝室にお邪魔していいですか」

どうやらそこが心配だったらしい。精悍な面差しになったのに、頬を染めているクロが可愛くて、エテルはついつられて頬をゆるめてしまう。

「ああ、許す」

「本当ですか！」

ぱあっと顔を輝かせると、耳と尻尾が立つ。実にわかりやすい守護獣だ。

「ただし、毎日あれをやるのは無理だぞ」

「え」

喜んだ顔のまま、クロの尻尾が固まる。だが、毎日などとても付き合えない。

「身体がもたない」

「あ……そ、そうですよね」

まるでおあずけを食らった犬みたいだが、いくら望みを叶えてやりたくても、できることとできないことがあるのだ。

——お前の精力に任せていたら、身体がいくつあっても足らぬ。

そうは思うのだが、こんなに残念そうな顔をされると厳しくしきれない。つい、部屋を出がけにクロの髪を撫でた。

「時々ならいい」

「はいっ」

「時々だぞ……」

「はい！　もちろんです！」

返事とは裏腹な、ぶんぶん振れている尻尾を眺めて、エテルはそっとため息をついた。

――この約束は、きっとまた〝すみません〟と言いながら押し切られるのだろうな。

だいたい、この守護獣は手元に来た時から自由奔放で、言いつけを聞いたことがない。


王宮に戻ったのは昼過ぎだ。割り当てられた自分の部屋に行くと、従神官と宮女たちが控えていた。アヴは待ち構えていて、宮女が新しい衣への着替えを手伝っている間も惜しむように報告してくる。

「昨晩の開門の件で、今朝早くに陛下からご下問が来ました」

エテルの指示どおりに答えておいたが、王は、エテルが戻ってきたら詳細を聞きたいので部屋へ来るようにと申し付けたらしい。

「まあ、そう言われるだろうな」

王としても、呼びつけるよい口実を得たのだろう。入城した日に挨拶に行ったきりだ。エテルは真新しい聖衣の襟元を留めながらため息をついた。

「王太子殿下へのご挨拶もまだしていない。伺うしかあるまい」

目通りを願う旨を伝えるよう、宮女の一人に申し付ける。そして、他所の神殿の装束を借りているクロの身なりも整えさせようとして、ふと姿がないことに気付いた。

「クロはどうした？」

「あ、そうですね……先ほどナハルがどこかへ連れていったような……探してきます」

アヴが部屋を出ていき、しばらく待ってみたが誰も戻ってこなかった。むしろ、使いに出した宮女と入れ違いに、王から「エテルの戻りはまだか」という督促が来る。

――あまり待たせるのもまずいな。

式典が近づくにつれて、王や王妃は異国の使者との謁見が増えてくる。エテルは、様子を伺いにきた宮女に、すぐ向かうと言伝《ことづて》た。

そのまま部屋を出て、クロを探しにいく。王子が何年も前のことを覚えているかはわからないが、いつぞやの詫びも、本人の口からさせておいたほうがよいだろう。

――それにしても、どこに行ったのだろう。

普段住んでいる場所ではないから、行く場所は限られている。エテルは従神官たちの部屋が並んでいるほうに進んだ。するとやはり、ナハルの部屋から声が聞こえた。何人かが集まっているようだ。

「あれが何もないわけないだろうが！」

「落ち着けよナハル」

「うるさい！　俺はクロに聞いてるんだ！」

――……？

普段、あまり感情の起伏を見せないナハルの怒号は珍しいことだ。エテルはそっと隣の部屋に入り、バルコニー側からなかを窺《うかが》った。王宮の造りは開放的で、バルコニー側は柱があるだけで扉はなく、隣の部屋へはバルコニー伝いに行けるのだ。

――ずいぶん集まっているな。

ナハルの部屋では、クロを前に数人の従神官が向かい合わせていた。憤るナハルを、ヨムが横から取り押さえている。

気色ばんでいるナハルに対して、意外とクロのほうが冷静だった。答えろとすごまれ、クロは静かに口を開く。

「俺がやりました」

「まっ……貴様まさか……っつ」

ほかの従神官たちもざわっとした。

「……エテル様が、お許しになったということか」

「はい」

話の前後がわからないが、おそらくクロが寝室に侍《はべ》ったことを感づかれたのだろう。そういえば、宮女が着替えを手伝っていた時、ナハルの様子がおかしかったような気がする。

──あの痕《あと》か……。

エテルは、噛まれて赤く淫らに腫れた胸を手で押さえた。人が見れば、情交の痕だとわかるものだ。気にしなかった自分の迂闊《うかつ》さを悔いたが、クロが断言したあと、それまでピリピリしていた部屋の空気は、むしろしゅんと情けなく変わってしまった。

──なんだ？

ナハルたちの顔に怒りの表情はない。どちらかというと、信じられないとでもいうような、へなへなとした表情だ。

「……エテル様が……お前を……」

「はい……」

なんでだ、という気の抜けた声がするだけで、全員、本当に呆然自失という顔をしている。俺の何が足りなかったのか……とかいうふざけた台詞《せりふ》が聞こえてきて、エテルにもようやく察しがついた。

——まさか、こやつらも共寝を望んでいたのか…………。

意外だった。彼らは従神官として一心不乱に己を磨いていて、そうした淫らなことにはまったく興味がないと思っていたのだ。

なんでお前なんだ、とか、いつの間に……というしようもない質問に、クロは真面目に答えている。

筋骨隆々とした体格のナハルが、がっくりと膝を落として情けない声を上げた。

「俺なんて……エテル様に微笑んでお褒めいただくのが生涯唯一の夢なのに」

「でも、ナハルさんだって、エテル様を抱っこさせていただいたじゃないですか」

「え？　ナハルっつ、お前っ、い、い、いつそんな抜け駆けをっ！」

「クロ、てめえそれは内緒だって言っただろ！」

「俺のだって公表する気はなかったんですから、おあいこですよ」

従神官たちの悲愴《ひそう》さに比べて、クロは悪びれない。怪我をした時のことを持ち出されて、逆にナハルもほかの従神官たちにつつかれ始めた。

「なんだよナハル、ずるいぞ！　俺だってエテル様のお世話をさせていただきたかったのに！」

ヨムが憤慨すると、書記の従神官が顔をしかめる。

「お前だって西門まで随従させていただいたじゃないか、俺なんかいつも留守番なんだぞ！」

「一番ずるいのはクロだろ！　そもそも守護獣だからって、年中エテル様のお部屋の前に陣取りおってからに……」

「主神官の守護が使命なんですから、当たり前ですよ」

「ぁんだとコラ！　いつの間にそんな生意気な口を利くように……」

「あーお前ら、何を騒いでる！　ここは王宮だとわかってるのか？」

パン、とアヴが手を叩いて部屋に入ってきた。蜂の巣をつついたような騒ぎが、ぴたりと止まる。

「エテル様がお許しになったことに、いちいちお前らが口を挟むんじゃない」

従神官筆頭のアヴにぴしゃりと言われると、縦社会の彼らは逆らえない。アヴはクロのほうに向き直って苦笑した。

「まあ、俺はこうなると思ってたけどな」

「アヴさん」

「伽《とぎ》まで務めるとは思わなかったが、主君にお召しいただいたんだ、しっかり務めろよ」

しゅんとしていた従神官たちも、なぜか盛り返してヤジを飛ばし始める。

「そうだぞクロ、エテル様をご満足させられなかったら、俺がすぐ交代するからな」

「そうだそうだ！　代わりはいくらでもいるんだからな、覚えておけよ」

——何を言っているのだ、こやつらは……。

クロだけでも手一杯なのに、こんな体格の男たちなどとても引き受けられない。エテルは深く眉間に皺を寄せて、そっと隣の部屋から回廊に戻った。

隣の部屋からは、まだ〝とっておきの技を教えてやる〟とか、〝そっちの鍛錬も手伝ってやる〟とかいうバカげた会話が聞こえてくる。

――私は、従神官の教育を間違えたのか？

気付かれないように先に部屋に戻り、知らぬふりをして彼らの戻りを待ったが、従神官たちを見る目が変わってしまいそうで、エテルはため息をついた。

アヴは澄ました顔をしてクロを連れてきた。クロも何も言わない。エテルは王の私室へ向かいながら、きっとこうやって自分の知らない事情がほかにもあるのだろうなと思った。

――従神官たちの気持ちなど、わかっていると思っていたのに……。

自分に深い忠誠を捧げてくれているのはわかっていた。だが、それは〝主神官エテル〟に対してであって、クロのように個人を慕うものではないと思っていたのだ。

「……」

その気持ちはありがたいとは思うが、だからといってクロのように招き寄せたいとは思わない。

――クロは、可愛いからな……。

思慮深く強くなったけれど、今でも仔犬の時のような素直さが同居していて、可愛くてついかまってしまいたくなるのだ。見た目の大きさは、あまり関係ない。

従神官たちには申し訳ないが、博愛主義ではないので、彼らを受け入れるのは無理だ。

最上階の長い回廊を行くと、王の主室の前で、衛士が来訪を声高に告げる。

人工湖に臨む広々とした部屋には、長椅子にゆったりと腰掛けた王と、その隣に寄り添って座る王妃がいた。少し離れた場所に、新たに小ぶりな長椅子が置かれ、そこに九歳になった王子がかしこまって座っている。

「おお、大事な式典の前に、そなたはどこに行っておったのだ」

王は鷹揚《おうよう》に手招く。エテルは両手を胸に当てて拝礼した。

「失礼いたしました。拝領しました守護獣が怪しげな気配を見つけていたので、思い切ってひと気のない夜中に気配を追わせてみた次第です」

クロがやたらと城壁沿いを走り回ったのは、王にも報告が行っているはずだ。適当に関連付け、当たり障りない説明をすると、王は得心がいったという顔をした。

「そうだったか。それで、正体は掴めたのか？」

「はい。邪《よこしま》な術を扱う者でした。慶事の障りになってはいけませんので、城外で始末いたしました」

諸外国からの使者も来ている都で、物騒な捕り物などしないほうがよい。王も意図を汲んでそれ以上は追及しないでくれる。隣で、王妃が心配そうな顔をした。

「それにしても、わざわざ貴方がそんなことをしなくてもよいでしょうに……」

「民の安寧を守るのも、主神官の務めの一つですので」

「そうなんでしょうけれど……あまり、危ないところに行かないでね」

戦神を祀るニヌルタ神殿の主神官に向かって、何を言っているのだろうとエテルは思う。けれど王妃は本気でそう思っているようだ。

王妃はあと二日後に世継ぎとなる王子を招き寄せ、頭を撫でながら言う。

「この子にとっては、貴方がただ一人の頼りとなる兄です……貴方も、ご自分の命を大事にして」

――……。

今までの自分だったら、呆れるところだ。

可愛いのは王との間に生まれた子で、王子を守るためなら、こちらがどう感じようがおかまいなしなのだ……きっとそう思っただろう。実際、王妃は家族愛を見せつけられるこちらの立場など、何も考えていない。

けれど、今は少しだけ彼女の気持ちがわかる。

彼女は大切な誰かを得てしまったのだ。この幼い王子を愛しているから、彼の人生を幸せにしてやりたくて仕方がないのだ。母親の盲目さで、王子以外の人間がどう思うかを考えられないだけなのだと思う。

少し大きくなった王子は、父親に似たようだ。朗らかに澄んだ黒い瞳で微笑みかけてくる。

「兄上はニヌルタ神のご加護がおありなのですから、絶対大丈夫ですよね」

母上は、心配しすぎです……と逆に王妃をたしなめている。エテルは目を伏せて笑みを見せながら頭を下げた。

「殿下のご期待に沿えるよう、精進いたしましょう」

この家族を前にしても、以前ほどの拒絶感はなくなった。特に好きになれるわけではないけれど、幸せに暮らしているのなら、よいことだと思う。

　型どおりの会話をこなし、義理は果たしたと退出しようとした時、王妃が背中から声をかけてきた。

「元気で……また、顔を見せにきてね」

「……」

　振り向くと、愛おしそうに見つめる瞳とかち合った。

　毎回、儀礼的な返事しか返していない。何度呼びつけようと、自分の態度は変わるはずがないと、もうそろそろわかってもいい頃だと思う。それなのに、なぜこの王妃は懲りもせず声をかけてくるのだろうか……。

　わからなかった。けれど、見るたびにずっと苛立っていたこの眼差しを、今日は初めて嫌悪せずに見ることができた。

　向き直って礼を取り、頭を下げる。

「かしこまりました……」

　そしてそのまま部屋を出た。

　両脇を丸柱で支えた回廊は、片側がそのまま中庭を眺められるようになっている。

　中庭を行き交う人々の朗らかな笑い声が、風に乗って回廊にまでこだましていた。国を挙げての祝事に、王宮全体がどこか華やいだ気配に満ちている。エテルはその空気を感じながら、ふいに立ち止まった。

「エテル様？」

クロがどうしたのかという顔をした。

「……なんでもない」

歩き出すと、王妃の心配そうな眼差しが甦る。

ずっと、勝手な女性だと思っていた。自分の都合で子どもを可愛がったり、疎んじたりする人なのだと決めつけていたけれど、本当は少し違うのかもしれない。

――彼女も、愛せる者を得て、初めて変わったのかもしれない。

よく考えたら、自分だってクロを受け取ったばかりの頃は、クロにずいぶんひどいことをしたのだ。慕ってくる守護獣を払いのけておきながら、愛してしまった今では自分のほうが束縛したがっている。きっと、誰かを愛してみないと、そういうことはわからないのだと思う。残念な話だが、自分が生まれた時は、そういうタイミングではなかったのだろう。

王妃は還俗させられたことが納得いかなかっただろうし、その元凶となった子どもも見たくなかったのだ。

――時間が、必要だったということだ。

そして自分が王の子を授かって、愛する者と一緒に過ごす幸福を知ってしまったから、よけいに一人でぽつんとしているもう一人の子へ関心が向いたのだと思う。

彼女なりに、今からでもやり直したいという気持ちだったのかもしれない。

もちろん、それは無理な話だ。異国の王の血を引く自分は、決して王家の家族に加わるべきではないし、まだ幼い王太子と、宮廷の権力が二分するような危険は避けなければならない。

それでも、母親に対して抱いていた、ささくれのような嫌悪感が和らいだ。

振り返るとクロがいる。

「……？」

――きっと、お前がいたから許せたのだろうな。

クロといられることが幸福で、充分満たされたから、そのほかのことがどうでもよくなったのだ。

エテルは微笑んで、功労者に報いた。

「毎晩は駄目だと言ったが、今宵は、してもいい」

クロの顔が、ぱあっと輝く。

「耳だの尻尾だのをむやみに出すな」

「はいっ、すみません！」

謝るけれど、ふわっと長い尻尾は揺れたままだ。エテルはそれを苦笑しながら眺めた。

《エピローグ》

立太子式の日が来た。

クロは、いつも身に着けている装束ではなく、この日のために新調されたものを着ている。

黒い革の胸当ては、肩の丸みに沿って縁に青い宝石が嵌め込まれ、ぴっちり覆っている首元には、長い金の装飾が垂れ下がっている。下穿きも、ナハルたちのような格好いい黒地にしてもらったので、ニヌルタ神殿の金文字を刺繍した前帯が、よりいっそう映えた。

赤い飾り帯には金の球飾りと長い房が揺れていて、腕と脚にも金細工の輪を嵌めている。

エテルはもっと美しく飾られていた。

白い聖衣には、銀糸で立体的に模様が浮くようにびっしりと刺繍が施されていて、金色の飾り帯が華やかに彩っている。

主神官は、みな同じデザインの聖衣を纏うのだが、クロにはエテルが一番綺麗に見えた。

冴え冴えとした黄金の瞳、彫刻のような横顔。神々しくて、今でも見つめるだけでドキドキする。

――でも……閨《ねや》でのエテル様は、あの瞳が蕩けるようで……。

重要な式典だというのに、うっかり昨晩の淫らな姿を思い返し、クロは慌てて邪念を振り払う。

今日の式典では、すべての神官の頂点に立つ王が厳かに世継ぎの宣旨をし、王にもエテルにも少し似ている少年が、跪いてそれを受ける。王宮の外では何万という人々が王太子の登場を待っていた。

先導するのは、二手に分かれた主神官たちだ。その斜め後ろにそれぞれ守護獣たちが付き従い、玉座の間の大扉が開く。クロは、四年前のことを思い返していた。

――ここで、初めてエテル様に会った。

息を呑むほど美しくて、魅力的な主だった。緊張をすべて忘れて、主の後ろをくっついて歩いたのを思い出すと、自然と笑みがこぼれる。

――エテル様……。

あの時見上げていた姿は、今や追い越してしまい、自分のほうがやや見守る位置になった。そのことが嬉しい。

外に出ると、左右にそびえる巨大なラマッス像が、陽射しを照り返している。石畳で整えられた幅広の参道には、カルデアの国旗がどこまでもはためいて、その両脇に群衆が詰めかけていた。

まず前触れとして、階段の一番上で十二人の主神官が横一列に並ぶ。観衆からは盛大な歓声が上がり、主神官たちは厳かに右手を挙げた。

——よし……。

この合図で、守護獣たちは一斉に獣態を取る。観衆を沸かせるのも、今日の大事な役目の一つだ。めったに見られない光景に、人々はどよめいて盛り上がっている。

隣で、ユキヒョウの姿になったタルネゴルが尻尾を揺らした。

『見上げるようになっちゃったわね』

『まあね』

タルネゴルはどこか、故郷の兄姉たちのような親しさを感じる相手だ。こうして守護獣がひと目を惹きつけている間に、各神殿の神官と従神官たちが、続々と両脇から階段の下のほうへ向かう。十二神殿のほとんどの神官・従神官が並ぶから、かなり壮観だ。

『あ、王のお越しよ』

タルネゴルの声がするのと同時に、主たち主神官が階段を下り始めた。王を迎えるために、数段下のところでくるりと群衆に背を向ける。もちろん、自分たちもそのさらに下へ移動だ。

わああ、という大歓声とともに、王がラマッス像の間に立って大きく手を空へと伸ばす。王太子はその一段下に下り、主神官たちは王と王子に恭しく頭を下げた。

そして最後にくるりと民衆の前に向き直り、王、王太子とともに群衆に披露目をする。守護獣もそれに倣って正面を向くのだが、クロだけ一回り以上大きいので、同じ段で並ぶとエテルが隠れてしまう。さらに二段ほど下に並び、前足を揃えた。

自分の主君は、守護獣の大きさなんか気にしないとわかっているけれど、エテルのために、誰にも負けない守護獣になれたことが誇らしい気持ちだ。

「尻尾を振るな。自分の大きさを考えろ」

――すみません！

怒られる声すら嬉しい。それに、叱っているのに、尻尾の先はちゃんと撫でてくれている。

――ああ、幸せだなあ。

大歓声がいつまでも続いて、王宮の参道は振りまかれた花びらでどこまでもよい香りに包まれた。

あとがき

お読みいただいて、ありがとうございました。

今回はメソポタミア風ファンタジーでございます。衣装が半裸という、前からやりたかった設定で書けて、すごく楽しかったです（笑）。主役の二人ももちろんですが、筋肉ムキムキのエテル親衛隊「ムッキーズ」は、個人的になかなか気に入ってます。

れの子《こ》先生には麗しいエテルと男前クロを描いていただき感激です。ありがとうございました♡　特にクロのでっかい獣態は、もっふり度とかっこよさが同居していて、まさに理想形です。また、担当様には今回も多大なお骨折りをいただき、誠にありがとうございました（ぺこり）。

もちろんファンタジーなので実在ではありませんが、今回の話は、時代でいうとおよそ紀元前五百年あたりです。この時代は、ちょうど多神教の世界から一神教の社会へと移っていく時期で、神話なんだか史実なんだかが入り混じっている感じが、すごく好きです。

あとがきから読まれる方は、ここからちょっとネタバレしますのでご注意を。

モデルにしている国々は、例えばサイス王国はエジプト末期王朝（26王朝）で、首都がサイスといいます。バブ・イルは、ギリシャ語読みすると「バベル」で、バビロンのことです。
舞台にした時代が終わると、拝火教（ゾロアスター教）という一神教の神を掲げたアケメネス朝ペルシアによって、世界で最初の〝帝国〟が誕生します。それまで、ペルシアほど多くの国を束ねた国家はなかったので、「帝国《クシャサ》」という名称自体がペルシアを指したそうです。ペルシア帝国が、騎馬による戦闘を普及させました。ちなみに、今作の舞台の頃は、まだ鐙《あぶみ》無しで乗馬していたようです。

今回のお話を書くにあたって、いろいろと資料を調べているとき、『古代メソポタミア飯』という本に出合いました。この本は、ちゃんと古代の粘土板からレシピを翻訳し、現代の材料に置き換えて載せてあるんですよ。面白くて、思わず何種類か作ってしまいました（美味しかったです）。続きを書く機会があったら、今回紹介できなかった料理をご披露したいなあと思っております。

そして毎回あとがきで宣伝して恐縮ですが、既刊の本はどれも、同人版ですが完結まですべてAmazon kindleでお読みいただけます。Kindle unlimitedに入っております。あと、「いや、紙の本が欲しいのよ」という方は、Amazonの電子版と同じページに「ペーパーバック」というアイコンがあるので、そちらをポチっとしていただくと、紙の本が届きます。目いっぱいアピールしていて本当にすみません（汗）。でも、これで「あの話には続きがあるのか？」とモヤモヤしていた方はスッキリ解決できるはず（たぶん）。そして本作も含めて、どの本でもそこに★の評価とかご感想を残していただけたら、すごく嬉しいです。実は、それをお願いしたくて宣伝していたりします。ほかの読者様へのガイドになるのはもちろんのこと、私自身のモチベーションが全然違うので、ぜひお願いしたいところでございます。ご感想を拝見させていただくのを、楽しみにしておりますね。ではまた！

深月《みつき》ハルカ拝

この本を読んでの
ご意見・ご感想を
お寄せ下さい。

〒151-0051
東京都渋谷区千駄ヶ谷4-9-7
(株)幻冬舎コミックス　リンクス編集部
「深《み》月《つき》ハルカ先生」係／「れの子《こ》先生」係

リンクス ロマンス

主神官様へ、守護獣より愛をこめて

2023年5月31日　第1刷発行

著者……………深《み》月《つき》ハルカ
発行人…………石原正康
発行元…………株式会社　幻冬舎コミックス
〒151-0051　東京都渋谷区千駄ヶ谷4-9-7
TEL 03-5411-6431（編集）
発売元…………株式会社　幻冬舎
〒151-0051　東京都渋谷区千駄ヶ谷4-9-7
TEL 03-5411-6222（営業）
振替00120-8-767643
印刷・製本所…株式会社　光邦
検印廃止

ISBN978-4-344-85232-7 C0293
Printed in Japan

幻冬舎コミックスホームページ　https://www.gentosha-comics.net